Capítulo Uno

–Al ver esto, no es difícil creer en la institución del matrimonio, ¿verdad? –comentó Ryan Beardsley.

Estaba observando cómo bailaba su amigo, Rafael de Luca, con su flamante esposa, Bryony.

El banquete se estaba celebrando en un edificio municipal de isla Moon. No era el lugar más apropiado para una fiesta de ese tipo y nunca se habría imaginado que su amigo acabara celebrando allí su boda. Pero se dio cuenta de que era normal que Rafael y Bryony quisieran casarse en esa isla que tanta importancia había tenido en su relación.

La novia estaba bellísima y su incipiente barriguita la hacía brillar aún más. En medio de la pista, Bryony bailaba abrazada a su marido. Solo tenían ojos para ellos dos. No parecían conscientes de todas las personas que los observaban. Y su amigo Rafael sonreía como si fuera el hombre más feliz del mundo.

–Parecen muy felices, casi demasiado –comentó Devon Carter a su lado.

Ryan se echó a reír al oírlo. Miró a Devon. Contemplaba a los recién casados con una mano en el bolsillo del pantalón y una copa de vino en la otra.

–Sí, es verdad –repuso él.

Se echó a reír al ver que Devon hacía una mueca

de desagrado. Sabía que iba a verse en esa situación muy pronto. Vio que la idea no le agradaba demasiado, pero decidió sacar el tema de todos modos.

—¿Qué es lo que te ocurre? ¿Sigue insistiendo Copeland?

—Sí. Y no sabes hasta qué punto. Está empeñado en que me case con Ashley. No va a aceptar nuestro acuerdo empresarial hasta que consienta. Ahora que hemos encontrado el sitio adecuado para el complejo hotelero, estoy preparado para dar el siguiente paso. Pero Copeland quiere que salgamos antes durante un tiempo. Quiere que Ashley tenga tiempo para acostumbrarse a mí. No lo entiendo, ese hombre parece vivir en el siglo XIX. No conozco a nadie más que intervenga de esa manera en el matrimonio de su hija. Y, para colmo de males, es una condición indispensable para que podamos seguir haciendo negocios. No consigo comprenderlo…

—Al menos se trata de Ashley, se me ocurren otras mujeres con las que estarías mucho peor —le recordó Ryan pensativo.

Devon lo miró con gesto comprensivo.

—¿Sigues sin saber nada de Kelly?

—No. Pero llevo poco tiempo buscando, acabaré dando con ella.

—No sé por qué quieres encontrarla. Creo que sería mejor que lo olvidaras y siguieras adelante con tu vida. Estás mucho mejor sin ella.

Apretó los labios y miró a su amigo antes de contestar.

—Ya sé que estoy mejor sin ella. No quiero encon-

Deseo

WITHDRAWN
Pasiones y traición
MAYA BANKS

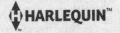

HARLEQUIN™

Editado por HARLEQUIN IBÉRICA, S.A.
Núñez de Balboa, 56
28001 Madrid

PASIONES Y TRAICIÓN, N.º 1846 - 11.4.12
Título original: Wanted by Her Lost Love
Publicada originalmente por Harlequin Enterprises, Ltd.

I.S.B.N.: 978-84-9010-883-3
Depósito legal: B-4519-2012
Editor responsable: Luis Pugni
Fotomecánica: M.T. Color & Diseño, S.L. Las Rozas (Madrid)
Impresión en Black print CPI (Barcelona)
Fecha impresion para Argentina: 8.10.12
Distribuidor exclusivo para España: LOGISTA
Distribuidor para México: CODIPLYRSA
Distribuidores para Argentina: interior, BERTRAN, S.A.C. Vélez
Sársfield, 1950. Cap. Fed./ Buenos Aires y Gran Buenos Aires,
VACCARO SÁNCHEZ y Cía, S.A.
Distribuidor para Chile: DISTRIBUIDORA ALFA, S.A.

trarla para pedirle que vuelva a formar parte de mi vida.

—Entonces, ¿por qué has contratado a un detective para que la encuentre? ¡No lo entiendo! Creo que deberías dejar que el pasado siga en el pasado. Supera de una vez lo que ocurrió y mira hacia el futuro.

Ryan se quedó unos segundos en silencio. Era difícil de explicar, pero sentía la necesidad de saber dónde estaba y qué estaba haciendo. Tenía muy claro que no debía importarle si estaba bien o no. Sabía mejor que nadie que le convenía olvidarla, pero no podía.

—Quiero conseguir algunas respuestas —murmuró entonces—. No llegó a cobrar el cheque que le di y quiero asegurarme de que no le ha pasado nada.

Sabía que era una excusa muy poco convincente, pero era todo lo que tenía. Devon frunció el ceño al oír sus palabras y tomó un sorbo de vino.

—Después de lo que hizo, me imagino que se siente algo avergonzada y no quiere dar la cara.

—Puede que tengas razón —repuso Ryan.

Pero tenía la sensación de que había algo más. Le molestaba que esa mujer siguiera preocupándole, pero no podía evitarlo.

Y le había extrañado mucho que no cobrara el cheque que le dio.

No entendía por qué seguía pensando en ella, pero era así, estaba presente en cada uno de sus pensamientos. Había pasado muchas noches en vela durante esos últimos seis meses, preguntándose si estaría bien y a salvo. No quería sentirse así y trataba de convencerse de que era normal que le preocupara y que se sentiría igual con cualquier mujer que estuviera en las mismas circunstancias.

–Bueno, se trata de tu dinero y de tu tiempo –le dijo entonces Devon–. Mira, ahí esta Cameron. Creí que ese ermitaño no iba a salir de su fortaleza ni siquiera para una ocasión tan especial como esta.

Cameron Hollingsworth se abría paso entre los invitados. Vio que la gente se apartaba instintivamente para dejarlo pasar. Era alto y fuerte. Emanaba poder y elegancia por los cuatro costados. Su carácter frío hacía que no fuera una persona demasiado afable, pero normalmente conseguía relajarse cuando estaba con sus amigos.

El problema era que solo tenía tres amigos: Ryan, Devon y Rafael. No tenía paciencia para nadie más.

–Siento el retraso –les dijo Cameron cuando llegó a su lado.

Se quedó mirando unos instantes a los recién casados. Seguían en la pista de baile.

–¿Qué tal ha sido la ceremonia? –preguntó Cameron.

–Preciosa –repuso Devon–. El sueño de cualquier mujer. Pero sé que a Rafael poco le importaba cómo fuera la boda. Solo quería que, al final del día, Bryony fuera suya.

Cameron rio al oírlo.

–Pobre desgraciado. No sé si debería felicitarlo o darle el pésame –dijo el recién llegado.

–Bryony es una mujer buena y encantadora, Rafael ha tenido suerte de encontrarla –repuso Ryan.

Devon asintió con la cabeza y Cameron sonrió.

–He oído que a ti tampoco te queda mucho para dar este paso –le dijo Cameron a Devon.

El aludido maldijo entre dientes.

–Preferiría no hablar de eso. Lo que de verdad me interesa es saber si has conseguido adquirir el solar donde se edificará el hotel ahora que sabemos que no podrá ser en isla Moon.

Cameron lo miró con incredulidad.

–¿Acaso dudas de mi capacidad para los negocios? He llegado a un acuerdo y tenemos ocho acres frente a la playa de Saint Angelo. Además, he conseguido muy buen precio. La construcción comenzará en cuanto consiga organizar a los trabajadores. Si trabajamos duro, creo que conseguiremos terminarlo a tiempo y cumplir así el plazo que nos habíamos propuesto en un principio.

Los tres hombres miraron entonces a Rafael, que seguía bailando con su flamante esposa. Habían tenido que cambiar por completo sus planes después de que Rafael decidiera que el hotel no podía construirse en isla Moon, pero a Ryan le resultaba difícil enfadarse con él al verlo tan feliz.

Sintió que algo vibraba en su bolsillo y sacó el teléfono móvil. Estaba a punto de rechazar la llamada cuando vio en la pantalla quién era. Frunció el ceño y se disculpó mientras salía rápidamente del edificio.

Le sorprendió una fuerte brisa marina que le agitó el cabello. Le encantaba el olor del mar.

Hacía muy buen tiempo. Era el día perfecto para celebrar una boda en la playa.

–¿Diga?

–Creo que la he encontrado, señor – le dijo el detective sin siquiera pararse a saludarlo.

Se quedó sin aliento al oírlo.

–¿Dónde?

–Aún no ha dado tiempo a enviar a uno de mis hombres para que lo confirme. Acabo de recibir la información hace unos minutos y tengo la suficiente certeza de que es ella como para avisarlo. Mañana podré decirle algo más.

–¿Dónde? –preguntó Ryan de nuevo.

–Está en Houston, trabaja en un restaurante. Nos costó localizarla porque había un problema con su número de la Seguridad Social. La persona que la contrató se equivocó en una de las cifras. Cuando corrigieron el error, no tardamos en dar con ella. Podré entregarle un informe completo y unas cuantas fotografías mañana por la tarde.

Houston. Le pareció muy irónico. Llevaba todo ese tiempo viviendo muy cerca de ella y sin saberlo.

–No, no es necesario –le dijo Ryan–. Iré yo mismo. Podría llegar a Houston en un par de horas.

El detective se quedó unos segundos en silencio.

–Pero puede que no se trate de ella. Preferiría terminar de recabar toda la información y evitar que vaya a Houston para nada.

–Acaba de decirme que piensa que se trata de ella –repuso Ryan con impaciencia–. Y, si no lo es, no pienso hacerle responsable del error.

–Entonces, ¿quiere que le diga a mi ayudante que no vaya a hacerle fotografías?

–Si se trata de Kelly, lo sabré de inmediato –le dijo después de quedarse unos segundos pensativo–. Si no lo es, me pondré en contacto con usted para que continúe buscándola. De momento, no hay necesidad para que envíe a nadie al restaurante. Iré yo mismo.

Ryan condujo por el barrio de Westheimer intentando encontrar lo que buscaba. Llovía a cántaros. El detective le había dicho que Kelly trabajaba en un pequeño restaurante en la zona oeste de Houston. No le había sorprendido que eligiera ese tipo de trabajo. Cuando se conocieron, era camarera en un restaurante de moda en Nueva York. Si hubiera cobrado el cheque que le había dado, no habría necesitado trabajar, al menos durante algún tiempo.

Recordó que, incluso después de comprometerse, Kelly le había asegurado que quería volver a la universidad. Entonces, no había entendido su deseo, pero había decidido apoyar su decisión. Habría preferido que dependiera completamente de él, aunque sabía que era algo egoísta por su parte sentirse así.

Cada vez le costaba más entender por qué no había cobrado el cheque que le dio.

Después de hablar con el detective, se había despedido de Rafael y Bryony, deseándoles mucha felicidad. No le había dicho a Cameron ni a Devon que por fin había dado con el paradero de Kelly. Se limitó a comentarles que tenía un asunto urgente y que debía marcharse.

Había tomado el primer transbordador hacia Gavelston. Pero cuando llegó a Houston ya era demasiado tarde y pasó la noche en un hotel del centro de la ciudad. No había podido dormir.

Había amanecido con el cielo gris y cubierto de nubes. Empezó a llover en cuanto salió del hotel y no había parado desde entonces. Pensó en la suerte que habían tenido Rafael y Bryony el día anterior. Imaginó que ya habrían salido hacia su luna de miel.

Miró la pantalla de su GPS y vio que aún estaba a varias manzanas del restaurante. Para colmo de males, todos los semáforos que se encontraba estaban en rojo. No entendía por qué tenía tanta prisa por llegar. No era probable que fuera a marcharse antes de que llegara él.

Tenía infinidad de preguntas en su cabeza, pero sabía que no iba a poder conseguir ninguna respuesta hasta que hablara con ella.

Pocos minutos más tarde, aparcó frente a un pequeño restaurante. Se quedó mirándolo perplejo, no podía creer que Kelly trabajara en un sitio como aquel.

Sacudiendo la cabeza, salió de su BMW y fue corriendo hasta la puerta del local. Entró mientras trataba de sacudirse la lluvia de la ropa.

Miró su alrededor y fue a sentarse a una mesa al fondo del restaurante. Una camarera que no era Kelly se le acercó poco después y le entregó la carta.

–Sólo quiero un café, por favor –murmuró él.

–De acuerdo –repuso la camarera.

Regresó un par de minutos después con el café.

–Si quiere algo más, no tiene más que pedirlo.

Estaba a punto de abrir la boca para preguntarle por Kelly cuando vio a otra camarera. Era ella.

Llevaba su melena rubia algo más larga que antes y recogida en una cola de caballo, pero estaba seguro de que se trataba de ella. Sintió una corriente eléctrica que le recorrió el cuerpo al verla allí.

Cuando se giro y la vio de perfil, se quedó sin aliento y sintió que estaba a punto de desmayarse.

No podía creerlo.

La curva de su vientre no dejaba lugar a dudas.

Estaba embarazada.

Levantó la vista y vio que Kelly también lo había visto. Abrió sus ojos azules y se quedó inmóvil.

Antes de que pudiera reaccionar de algún modo, vio que Kelly apretaba con furia los labios.

No entendía por qué parecía estar tan enfadada con él.

Vio que apretaba los puños, le dio la impresión de que estaba deseando darle un puñetazo. Después, sin decir nada, se dio media vuelta y fue hacia la cocina.

Frunció el ceño al verla desaparecer. El encuentro no había ido tal y como había previsto. No tenía muy claro qué tipo de reacción había esperad, pero parte de él había soñado con que Kelly se disculpara y le pidiera entre lágrimas que volviera a aceptarla. Lo último que había esperado era encontrarla embarazada y trabajando en un restaurante de mala muerte como aquel. Era el tipo de situación en el que era normal encontrar a una madre soltera sin recursos, no a una mujer que estaba a punto de ter-

minar una carrera universitaria con excelentes califi-
caciones.

Embarazada…

Inhaló profundamente para tratar de calmarse.
Necesitaba saber de cuántos meses estaba. Parecía
estar de siete meses o quizás más.

Se le hizo un nudo en la garganta al pensar en las
posibilidades que esa situación presentaba. No podía creerlo. Sintió de repente tanta angustia que le
costaba respirar.

Si estaba embarazada, embarazada de siete meses, cabía la posibilidad de que aquel fuera su hijo.

Pero también podía ser el bebé de su hermano.

Kelly Christian entró corriendo en la cocina y trató
de quitarse el delantal. Maldijo entre dientes mientras
intentaba desatar sin mucha suerte el nudo. Era casi
imposible con las manos tan temblorosas.

Perdió la paciencia y se arrancó el delantal sin esperar a desatarlo. Lo dejó en la percha donde todas
las camareras colgaban los suyos.

No entendía qué hacía Ryan allí ni cómo había
conseguido dar con ella. Se había ido de Nueva York
sin saber qué iba a hacer con su vida. Pero era algo
que en ese momento apenas le había importado. No
había tratado de esconderse, incluso había imaginado que Ryan podría haberla encontrado si se lo hubiera propuesto. Pero ya habían pasado seis meses y
no entendía por qué había aparecido justo en ese
momento.

Estaba segura de que no se trataba de una coincidencia. Ese restaurante no era el tipo de lugar que frecuentara alguien como Ryan Beardsley. Sabía que nadie de su familia se dignaría a entrar en un restaurante que no fuera de cinco tenedores.

Pero sacudió la cabeza al ver lo que la presencia de ese hombre estaba consiguiendo. No le gustaba sentirse así ni quería sentir tanta amargura.

–¿Qué te pasa, Kelly? –le preguntó Nina.

Se dio la vuelta y vio que la otra camarera la observaba con preocupación.

–Cierra la puerta –susurró Kelly.

Nina hizo lo que le había pedido.

–¿Estás bien? No tienes buen aspecto, Kelly. ¿Se trata del bebé?

Sus palabras le hicieron recordar que estaba embarazada y lo que Ryan habría pensado al verla en ese estado. Tenía que salir de allí cuanto antes.

–No, no me encuentro bien –le dijo entonces–. Dile a Ralph que he tenido que irme, por favor.

–No le va a gustar –le advirtió Nina–. Ya sabes cuánto se enfadada cuando faltamos al trabajo. Hay que estar casi moribunda para que te permita tomarte un descanso.

–Entonces, dile que dejo el trabajo –murmuró Kelly mientras iba hacia la puerta trasera.

Pero, antes de salir al callejón, miró de nuevo a su compañera.

–Hazme un favor, Nina. Es muy importante, ¿de acuerdo? Si alguien en el restaurante te pregunta por mí, cualquier persona, no les digas nada.

13

Nina abrió mucho los ojos.

–¿Es que estás metida en algún lío? –preguntó la mujer.

–No, no es eso. Te lo prometo. Se trata de mi exnovio. Es un verdadero canalla y acabo de verlo en el comedor.

Nina apretó furiosa los labios y la miró con decisión.

–De acuerdo, cariño. No te preocupes por nada, yo me encargo de él.

Salió por la puerta y fue por el callejón hacia su apartamento, estaba muy cerca. Iba a quedarse allí y pensar en lo que podía hacer.

De camino a casa, se detuvo enfadada. ¿Por qué tenía que salir corriendo de su trabajo y debía esconderse? Después de todo, no había hecho nada malo. Sabía que debería haberse acercado a él y darle un puñetazo en vez de salir huyendo como si fuera una delincuente.

Subió las viejas escaleras hasta su apartamento. Cuando entró, cerró la puerta y se apoyó en ella.

Tenía los ojos llenos de lágrimas. No quería volver a verse en esa situación. No deseaba que nadie volviera a tener tanto poder sobre ella. Ese hombre le había roto el corazón.

Al pensar en él, se llevó las manos al vientre y lo acarició despacio, tratando de calmar al bebé y a ella misma.

–Nunca debí enamorarme de él –susurró–. Fui una tonta al pensar que podría llegar a formar parte de su mundo y que su familia llegaría a aceptarme.

Se sobresaltó a sentir que se movía la puerta en la que estaba apoyada. El corazón comenzó latirle con fuerza.

–¡Kelly, abre la puerta ahora mismo! ¡Sé que estás ahí!

Tal y como había temido, se trataba de Ryan. La última persona a la que habría querido ver en esos momentos.

Golpeó de nuevo la puerta y lo hizo con tanta fuerza que tuvo que apartarse de ella.

–Vete de aquí –gritó ella–. No quiero hablar contigo.

De repente, la puerta tembló y se abrió de golpe. Instintivamente, dio algunos pasos hacia atrás y se cubrió la barriga.

Ryan llenaba el umbral de la puerta y le pareció más alto y fuerte que nunca. La fulminada con la mirada, como si pudiera ver lo que estaba pensando.

No podía creer que estuviera allí, de nuevo en su vida. Temía que volviera a romperle el corazón.

–Fuera de aquí –le dijo ella tratando de controlar su voz para parecer tranquila–. Sal de aquí o llamo a la Policía. No quiero hablar contigo.

–Pues es una pena –repuso Ryan yendo hacia ella–. Porque yo sí quiero hablar contigo. Para empezar, quiero saber de quién estás embarazada.

Capítulo Dos

A Kelly le costó controlar la ira. Lo miró mientras trataba de calmarse.

–Eso no es asunto tuyo.

Vio que Ryan apretaba con fuerza los dientes.

–Si ese bebé es mío, tengo que saberlo.

Se cruzó de brazos y lo miró con firmeza.

–¿Por qué iba a serlo?

Ryan había tenido la desfachatez de acusarla de no serle fiel. Por eso no entendía que entrara de esa manera en su apartamento con la sospecha de que el bebé pudiera ser suyo.

–¿Por qué me lo preguntas? Estuvimos comprometidos para casarnos. Vivíamos juntos y teníamos relaciones sexuales como todo el mundo. Tengo derecho a saber si ese bebé es mío.

–Bueno, me temo que eso no hay manera de saberlo –le dijo ella sin dejar de mirarlo–. Después de todo, me acosté con tantos hombres al mismo tiempo… Incluido tu hermano, que no se te olvide –agregó mientras se encogía de hombros.

Fue hasta la cocina y Ryan la siguió. Sabía que estaba furioso, podía sentirlo.

–Eres una mujerzuela, Kelly. Una mujerzuela fría y calculadora. Echaste a perder todo lo que teníamos a cambio de una aventura sexual fuera de nuestra relación.

Se giró para mirarlo al oír sus duras palabras. Apretó los puños. Deseaba abofetearlo más que nada en el mundo, pero consiguió controlar la ira.

—Sal de aquí. Vete y no vuelvas nunca más —le dijo.

Ryan parecía tan enfadado y frustrado como lo estaba ella misma.

—No me voy a ninguna parte, Kelly. Antes, tienes que decirme lo que quiero saber.

—Este niño no es tuyo, ¿de acuerdo? ¿Ya estás contento? Ahora, sal de mi casa.

—Entonces, ¿es de Jarrod?

—¿Por qué no se lo preguntas a él?

—Porque nunca hablamos de ti —repuso Ryan.

—Yo tampoco quiero hablar de vosotros. Lo que quiero es que salgas de mi casa. No es tu bebé —insistió ella—. Sal de una vez de mi vida. Yo hice lo que me pediste y salí de la tuya.

—No me dejaste más salida que pedírtelo.

Cada vez estaba más furiosa, no podía creerlo.

—¿Cómo? Al menos tú pudiste tomar una decisión, yo no tuve tanta suerte.

Ryan la miraba con incredulidad.

—Desde luego… Veo que sigues siendo la misma y que te encanta hacerte la mártir.

Fue hasta la puerta principal y la abrió. Esperaba que Ryan se diera por aludido. Pero no se movió.

—¿Por qué vives así, Kelly? No puedo entender por qué hiciste lo que hiciste, yo te lo habría dado todo. De hecho, fui lo bastante generoso como para darte bastante dinero cuando rompimos. Me preocupaba que pudieras verte en una situación complicada sin mi apoyo económico. Por eso me sorprende tanto ver que vives en un apartamento como este y que tienes un trabajo que está muy por debajo de tus capacidades.

Nunca había odiado tanto a nadie como odiaba a Ryan en ese momento. Se dio cuenta de que lo odiaba tanto como lo había querido. Tenía un nudo en la garganta y no podía respirar. Recordó el día en el que se vio frente a él, completamente destrozada, y viendo cómo rellenaba un cheque y se lo entregaba sin apenas mirarla.

Sus ojos le habían demostrado entonces que no la quería, que nunca la había querido.

Cuando más lo había necesitado, Ryan la había decepcionado, tratándola como si no fuera más que una prostituta.

Sabía que nunca iba a poder perdonárselo.

Muy despacio, volvió a la cocina. Abrió el cajón donde guardaba el cheque. Lo tenía dentro de un sobre. Era un recordatorio de todos los sueños que se habían roto y de hasta qué punto alguien podía llegar a traicionarla. Lo miraba de vez en cuando, pero se había prometido que nunca lo haría efectivo, por muy necesitada que estuviera.

Lo sacó del cajón y volvió al vestíbulo. Apretó el sobre entre sus manos y se lo tiró a él.

–Ahí tienes tu cheque –le dijo entre dientes–. Llévatelo y sal para siempre de mi vida.

Ryan abrió el sobre y sacó el cheque.

—No lo entiendo —repuso él mirándola de nuevo a los ojos.

—Nunca lo entendiste —susurró ella—. Y, como veo que no vas a salir del apartamento, me iré yo.

Antes de que Ryan pudiera detenerla, salió y cerró tras ella la puerta.

Ryan se quedó mirando el cheque que tenía en sus manos con incredulidad. Se sentía muy confuso. No entendía por qué Kelly estaba tan enfadada ni por qué le hablaba como si fuera un hombre ruin y despreciable. No creía haberle hecho nada para que lo tratara de esa manera.

Miró a su alrededor. Era un apartamento pequeño y muy sencillo. Los muebles eran baratos y viejos. Fue a la cocina y abrió la nevera. Maldijo entre dientes al ver que solo había leche, algo de queso y un tarro de mantequilla de cacahuete. Tampoco encontró comida en los armarios. Cada vez estaba más enfadado. No entendía cómo podía vivir de esa manera, ni siquiera tenía comida.

Miró de nuevo el cheque que sostenía en sus manos y sacudió la cabeza. Había escrito bastantes ceros allí como para que pudiera mantenerse sin trabajar durante muchos meses. No conseguía comprender por qué no lo había hecho efectivo. Tenía demasiadas preguntas en la cabeza.

Pensó que quizás se sintiera culpable por lo que había hecho y, aunque tarde, tenía conciencia como para no aceptar su dinero.

Lo único que tenía claro en esos momentos era que no pensaba irse de allí. No tenía ningún sentido que viviera de esa manera y trabajara tanto cuando podía permitirse llevar una vida mejor. Ni siquiera quería pensar en cómo pensaba subsistir después de que naciera el pequeño. Ya fuera o no su hijo, no iba a irse de allí hasta asegurarse de que iba a tener una vida digna.

Creía que Kelly no se estaba cuidando. Era algo que siempre había hecho él y estaba dispuesto a seguir haciéndolo, le gustara a ella o no.

Kelly salió por la parte de atrás del edificio. No volvió al trabajo, aunque sabía que eso habría sido lo más inteligente. Podía vivir sin cobrar un día, pero iba a echar de menos las propinas que había estado ahorrando durante esos meses.

Necesitaba pensar y tratar de calmarse. Había dejado de llover, pero el cielo seguía estando cubierto y había grandes nubes negras en la distancia.

Ella se sentía igual por dentro. Tenía los ojos llenos de lágrimas, pero intentó calmarse. No quería que Ryan tuviera tanto poder sobre ella.

Había un pequeño parque infantil a tres manzanas de su apartamento. Estaba abandonado. Nunca había visto niños jugando allí. Los columpios estaban vacíos y el viento los mecía suavemente.

Se sentó en uno de los bancos. Su mente era un auténtico caos de ira, dolor y sorpresa.

No sabía qué hacía allí ese hombre.

A Ryan le había sorprendido verla embarazada.

Durante esos últimos meses, había pasado mucho tiempo pensando en su relación y, al mismo tiempo, tratando de olvidarlo. Pero no podía hacerlo.

Se había dado cuenta de que habían ido demasiado deprisa. Pasó muy poco tiempo antes de que lo conociera en un restaurante de Nueva York hasta que se comprometieran. No había tenido ocasión de conocerlo de verdad. Se había enamorado de él a primera vista y se había dejado llevar. No se había parado a pensar en que Ryan no estuviera siendo sincero con ella o que en realidad no estuviera dispuesto a comprometerse.

Los obstáculos que habían tenido entonces le habían parecido insignificantes. Pertenecían a dos mundos distintos. Ryan procedía de una rica familia, pero ella había sido lo bastante inocente como para creer que eso no importaba y que el amor era suficiente. Creía que sus amigos y su familia acabarían por aceptarla.

Había sido lo bastante estúpida como para concentrarse en ser únicamente la novia perfecta. Dejó sus estudios en la universidad, permitió que Ryan le aconsejara cómo vestirse y la convenciera para que se fuera a vivir con él.

Había creído que el amor podía todo, pero se había dado cuenta después de lo equivocada que había estado. Ryan nunca la había querido como ella a él. De otro modo, no la habría traicionado como lo hizo.

Cerró los ojos y respiró profundamente. No quería llorar.

Cuando terminó todo entre los dos, ella se había ido de Nueva York tan deprisa como pudo a Houston. Con mucho trabajo, había conseguido subsistir en esa ciudad. No era una situación ideal, pero era todo lo que tenía.

No iba a poder volver a la universidad hasta que naciera el bebé. Por eso estaba trabajando tan duro y ahorrando todo lo que podía para cuando llegara ese momento. Vivía en el apartamento más barato que había encontrado. Pensaba mudarse a un sitio mejor cuando naciera el bebé. Podría entonces terminar los dos semestres que le quedaban para licenciarse y, con un poco de suerte, conseguir así un trabajo mejor. No quería depender de Ryan Beardsley. Tampoco quería saber nada de su familia ni de su dinero.

Ese era su plan, pero la aparición de Ryan había conseguido trastocar su vida. Se frotó las sienes con las yemas de los dedos. Le dolía la cabeza y estaba muy cansada. No sabía qué se traía ese hombre entre manos, pero estaba demasiado agotada para pensar en ello.

Le molestaba estar reaccionando de esa manera. Creía que no tenía por qué huir de él ni esconderse en un banco del parque. Ella no había hecho nada malo y no iba a permitir que Ryan trastocara sus planes. Estaba decidida a conseguir que saliera de su apartamento y dispuesta a llamar a la Policía si llegaba el caso.

Creía que ese hombre ya no tenía ningún poder sobre ella.

Imaginó que había reaccionado así por la sorpresa. Su aparición había sido inesperada y no había tenido tiempo para reflexionar.

Respiró profundamente un par de veces para tratar de calmarse. Pero tenía un nudo en la garganta. Le dio la impresión de que no le iba a ser nada fácil librarse de Ryan y que ese hombre podría llegar a trastocar sus planes.

Creía que, si a Ryan se le metía en la cabeza que ese bebé era suyo, no iba a poder quitárselo de encima. Pero, si trataba de convencerlo de que no era así, Ryan iba a pensar que su hermano era el padre.

La situación era muy complicada. Lo primero que quería hacer era sacar a Ryan de su piso. No tenía tanto dinero ni contactos como él, pero tampoco estaba dispuesta a dejar que la avasallara.

Le cayó una gota de lluvia en la cabeza y suspiró frustrada. Había empezado a llover de nuevo. Si no regresaba al apartamento cuanto antes, acabaría empapada.

De vuelta hacia allí, consiguió animarse un poco al pensar que quizás se hubiera ido ya. Aunque andaba deprisa, llegó completamente empapada a casa. Estaba temblando cuando abrió la puerta del apartamento.

No le sorprendió ver que Ryan seguía en el salón, dando vueltas como un león enjaulado. Se giró hacia ella al oírla entrar.

–¿Dónde demonios has estado? –le preguntó enfadado.

–Eso no es asunto tuyo.

–Claro que lo es. No volviste al trabajo. Está lloviendo y estás empapada. ¿Acaso te has vuelto loca?

Se echó a reír al oírlo.

–Parece que sí. O puede que estuviera loca y ya no lo esté. Sal de aquí, Ryan. Este es mi apartamento y no tienes derecho a estar en mi casa. No puedes hacer lo que quieras. Si no me dejas otra opción, te juro que llamaré la Policía y conseguiré que me den una orden de alejamiento.

Ryan la miró sorprendido y con el ceño fruncido.

–¿Acaso crees que te haría daño?

–No creo que seas capaz de pegarme, pero hay otras maneras de hacer daño a la gente.

Él maldijo entre dientes, parecía frustrado.

–Tienes que comer. No hay nada de comida en el apartamento. ¿No te das cuenta de que tienes que cuidarte y cuidar del bebé? Estás trabajando de pie todo el día y no comes lo suficiente.

–Hablas como si de verdad te importara –repuso ella–. Pero los dos sabemos que no es así. No te preocupes por mí, Ryan. Cuido muy bien de mí misma y también del bebé.

Ryan fue hacia ella con ira.

–Claro que me importa. No fui yo el que echó todo a perder. Fuiste tú la que lo hiciste, que no se te olvide.

No podía creerlo. Levantó la mano temblorosa y le señaló la puerta.

–Sal de aquí. Ahora mismo –le dijo con firmeza.

–De acuerdo. Me iré, pero volveré mañana a las nueve de la mañana –repuso Ryan.

Frunció el ceño al oír sus palabras.

–Tienes cita con el médico y voy a llevarte.

Se dio cuenta de que había aprovechado bien el tiempo que le había dejado solo en su apartamento. Aunque un hombre con los contactos que tenía él, sólo necesitaba hacer un par de llamadas para conseguir cualquier cosa que pudiera necesitar.

–Puede que no lo entiendas, Ryan. Tendré que dejártelo muy claro. No pienso ir a ningún sitio contigo. No somos nada y no tienes que cuidar de mí. Tengo mi propio médico y no vas a llevarme a ningún otro.

–¿Y cuándo fue la última vez que viste a tu médico? –le preguntó él–. Tienes muy mal aspecto, Kelly. No te estás cuidando. Y eso no puede ser bueno ni para ti ni para el bebé.

–No finjas que te importa –insistió ella–. Limítate a salir de aquí, por favor.

Ryan abrió la boca para protestar, pero no lo hizo. Fue hacia la puerta y se giró antes de salir.

–A las nueve de la mañana. Voy a llevarte al médico lo quieras o no.

–Cuando las ranas críen pelo –murmuró ella mientras cerraba la puerta de golpe.

A la mañana siguiente, Kelly se despertó temprano, como hacía cada día. Pero miró el reloj y vio que había dormido más de la cuenta. Iba a tener que darse prisa para llegar al restaurante a las seis. Se duchó rápidamente y se vistió.

Cuando abrió la puerta para salir de casa, suspiró al ver que Ryan no la esperaba en las escaleras. Ese hombre estaba trastornando su vida y consiguiendo que se convirtiera en una persona paranoica. Se dio cuenta de que no había conseguido olvidarlo. Lo había sabido en cuanto lo vio en el restaurante el día anterior.

Pocos minutos después, llegó al trabajo. Nina ya estaba sirviendo desayunos a los clientes más madrugadores. Se puso el delantal y salió al comedor con el blog de notas en la mano. Durante la primera hora, intentó concentrarse en el trabajo y no pensar en Ryan, pero no tuvo demasiado éxito. Se equivocó con tres de los desayunos que sirvió y derramó café caliente encima de uno de sus clientes. Decidió que lo mejor que podía hacer era volver a la cocina y tratar de calmarse.

Estaba ya un poco mejor y lista para volver a trabajar cuando entró Ralph en la cocina hecho una furia.

–¿Qué demonios estás haciendo aquí? –le preguntó.

–Trabajo aquí, ¿no lo recuerdas? –repuso ella con el ceño fruncido.

–Ya no. Fuera de aquí.

Palideció al oírlo y se le hizo un nudo en la garganta. No podía creerlo.

–¿Me estás despidiendo?

–Ayer te fuiste del restaurante durante las horas de más trabajo. Sin decir nada, sin avisar. Y no volviste durante todo el día. ¿Qué demonios esperabas?

Vuelves hoy como si no hubiera pasado nada y varios clientes se han quejado.

Respiró profundamente y trató de tranquilizarse.

—Ralph, necesito este trabajo. Ayer... no me encontraba bien, ¿de acuerdo? No volverá a ocurrir.

—Eso ya lo sé. No volverá a pasar. No debería haberte contratado —le dijo su jefe—. Pero necesitaba desesperadamente una camarera. De otro modo, nunca habría contratado a una embarazada.

No quería tener que suplicarle, pero no le quedaba otra opción. Sabía que nadie iba a contratarla en su estado. Solo necesitaba unos meses más, hasta que naciera el bebé. Para entonces, esperaba haber podido ahorrar ya dinero suficiente como para poder cuidar del niño durante unos meses y terminar la carrera.

—Por favor —le dijo con lágrimas en los ojos—. Dame otra oportunidad. Nunca volveré a quejarme, lo prometo. Ni volveré a faltar. Necesito este trabajo.

Pero Ralph sacó un sobre del bolsillo de su camisa y se lo entregó.

—Aquí tienes lo que se te debe, menos el día de ayer, claro.

Lo aceptó con manos temblorosas. Ralph salió de la cocina sin decir nada más.

Estaba furiosa. Aunque habían pasado meses, Ryan seguía arruinando su vida. Se quitó el delantal y lo tiró al suelo. Salió por la puerta de atrás como había hecho el día anterior.

De vuelta al apartamento, miró el sobre que llevaba en la mano. Se sentía desolada. Y se arrepintió en ese momento de haber dejado que el orgullo la dominara. Debería haber aceptado el cheque que Ryan le dio. Así habría tenido la oportunidad de terminar sus estudios y poder cuidar de su pequeño.

Tenía muchas razones para rechazar su dinero y para haber roto ese cheque en mil pedazos. Creía que por eso lo había conservado durante seis meses, porque una parte de ella esperaba poder tener la satisfacción de devolvérselo en persona.

Había sido importante para ella poder hacerlo y que Ryan no tuviera la satisfacción de acallar su conciencia con ese dinero como si fuera una prostituta.

Pero su maldito orgullo había sido la causa de que tuviera que trabajar de pie durante muchas horas al día y de que no pudiera permitirse un apartamento algo mejor.

Decidió que tenía que dejar de lado su orgullo, ir al primer banco que encontrara y hacer efectivo el cheque de Ryan Beardsley.

Capítulo Tres

Ryan subió las escaleras hasta el apartamento de Kelly. Había muchos escalones en mal estado y zonas sin barandilla. Le parecía increíble que no se hubiera caído por las escaleras en alguna ocasión. No sabía si la iba a encontrar en el apartamento, pero se había pasado por el restaurante antes de ir a su casa y un hombre bastante desagradable, un tal Ralph, le había dicho que Kelly no estaba allí.

Frunció el ceño al ver que la puerta de su apartamento no estaba cerrada con llave. La abrió y se encontró a Kelly de rodillas en el suelo, buscando algo debajo de la mecedora. Vio que murmuraba frustrada mientras se levantaba del suelo.

–¿Qué se supone que estás haciendo?

Kelly gritó sobresaltada y se giró para mirarlo.

–¡Fuera de aquí! –exclamó ella.

Levantó las manos para que se calmara.

–Siento haberte asustado, pero la puerta no estaba cerrada con llave.

–¿Y crees que eso te da derecho a entrar sin llamar? ¿No se te ocurrió llamar a la puerta? A lo mejor no te quedó claro ayer, pero no quiero verte por aquí, Ryan.

Kelly fue a la cocina y la siguió. Vio que abría y cerraba todos los armarios. Parecía estar buscando algo con desesperación. Ya se había imaginado que no le haría gracia verlo allí, pero había tenido la esperanza de que estuviera algo menos enfadada ese día.

Perdió la paciencia al ver que se ponía de nuevo de rodillas. Fue hasta donde estaba y la ayudó a levantarse.

–¿Qué estás buscando?

Kelly se apartó para que dejara de tocarla.

–El cheque. ¡Estoy buscando el cheque!

–¿Qué cheque?

–El cheque que me diste.

Lo sacó entonces del bolsillo y la miró.

–¿Este cheque?

Kelly trató de agarrarlo, pero él lo elevó por encima de su cabeza.

–¡Sí! He cambiado de opinión y voy a cobrarlo.

–Siéntate, Kelly, por favor. Explícame qué ha pasado. Después de esperar seis meses y de tirarme el cheque a la cara, ¿cómo es que has cambiado de opinión? ¿Te has vuelto loca?

Le sorprendió que le hiciera caso. Kelly se dejó caer en una de las sillas de la cocina y se tapó la cara con las manos. Se quedó perplejo al ver que empezaba a llorar.

No sabía qué hacer. Nunca había podido soportar verla así. Se sintió muy incómodo. Apoyó la rodilla en el suelo y, con suavidad, le apartó las manos de la cara.

Kelly apartó la vista. Parecía avergonzada, como si no quisiera que él la viera en ese estado.

–¿Qué es lo que ha pasado, Kelly? –le preguntó.

–Me han echado del trabajo –repuso ella entre sollozos–. Y ha sido por tu culpa.

–¿Por mi culpa? ¿Qué he hecho yo?

Al oír sus palabras, Kelly lo miró indignada.

–¿Que qué has hecho tu? Nada, ¿verdad? Nunca es culpa tuya, no es la primera vez que lo oigo. Seguro que todo es culpa mía, igual que lo fue todo lo que ocurrió durante nuestra relación. Limítate a darme el cheque y sal de aquí. No tendrás que volver a preocuparte por mí.

–¿De verdad esperas que me vaya y que te deje así? –le preguntó él con incredulidad mientras volvía a guardar el cheque–. Tenemos mucho de lo que hablar, Kelly. No voy a irme a ninguna parte y tú tampoco. Lo primero que vamos a hacer es ir a un médico para que te haga una revisión en condiciones. No tienes buen aspecto. Siento ser tan directo, pero alguien tiene que decírtelo.

Kelly se puso lentamente en pie.

–No pienso ir a ninguna parte contigo. Si no vas a darme el cheque, sal de aquí. No tenemos nada más de lo que hablar.

–Hablaremos del cheque después de ir al médico –repuso él.

Ella lo miró con desprecio.

–¿Cómo te atreves a chantajearme de esa manera?

–Llámalo como quieras, no me importa. Vas a ir al médico conmigo. Si te dice que estás bien, te entregaré el cheque y no tendrás que volver a verme.

–¿Seguro? –le preguntó ella con cierta suspicacia.

Él asintió con la cabeza. Sabía que ningún médico estaría satisfecho con su estado. Parecía agotada y estaba pálida.

Vio que se quedaba pensativa, como si estuviera decidiendo si iba a aceptar sus condiciones o no. Respiró tranquilo al ver que cerraba los ojos y suspiraba.

–De acuerdo, Ryan. Iré contigo al médico. Y cuando nos diga que estoy perfectamente, no quiero volver a verte.

–Si dice que estás bien, no tendrás que hacerlo.

Kelly volvió a sentarse en la silla. No podía creerlo, no parecía consciente de lo mal que estaba. Creía que necesitaba alguien que cuidara de ella y se asegurara de que comiera bien. También necesitaba descansar lo suficiente.

–Bueno, deberíamos irnos ya. La cita es para dentro de media hora y no sé si habrá mucho tráfico.

Vio que se había dado por vencida. Se levantó, tomó su bolso y fue hacia la puerta.

Kelly no dejó de mirar por la ventana durante el trayecto en coche. Su discusión con Ryan había conseguido agotarla. Lo quería fuera de su vida. Ni siquiera podía mirarlo, era demasiado doloroso.

Vio que aparcaba frente a un moderno edificio. Era una clínica médica. Subieron en el ascensor hasta la cuarta planta y Ryan se encargó de hablar con la recepcionista.

Rellenó los papeles con sus datos médicos y una enfermera la acompañó al lavabo. El primer requisito era una prueba de orina. Cuando terminó, otra enfermera la llevó hasta una de las consultas, allí la esperaba Ryan.

Lo fulminó con la mirada al verlo. Abrió la boca para decirle que saliera de allí, pero Ryan se adelantó.

–Quiero estar presente cuando el médico hable contigo –le dijo él.

Se dio cuenta de que tenía esa batalla perdida, no quería discutir allí con él. Se apoyó en la camilla, tratando de convencerse de que ya no iba a tener que soportarlo durante mucho más tiempo. En cuanto el médico le dijera que estaba bien, podría librarse por fin de él.

Pocos minutos más tarde, llegó un doctor joven y le dedicó una sonrisa. Le pidió que se tumbara en la camilla. Le midió el vientre y escuchó los latidos del bebé. Después, acercó una máquina y le aplicó un gel transparente en la barriga.

Levantó la cabeza sobresaltada al ver lo que hacía. El gel estaba muy frío.

–¿Qué esta haciendo?

–Pensé que le gustaría ver a su bebé. Voy a hacerle una ecografía para medirlo y comprobar la fecha aproximada en la que saldrá de cuentas. ¿Le parece bien?

Kelly asintió con la cabeza y el doctor comenzó a mover un aparato sobre su barriga. Después, señaló algo en la pantalla de la máquina.

–Esa es la cabeza –le dijo el médico.

Ryan se acercó para poder ver el monitor. Ella tenía que estirar mucho el cuello para poder observar la pantalla. Al verla así, Ryan le colocó una mano bajo la nuca para que pudiera verlo más cómodamente. Se le llenaron los ojos de lágrimas al ver la imagen y no pudo evitar sonreír.

–Es preciosa –murmuró ella.

–Sí, lo es –repuso Ryan muy cerca de su oído.

–Bueno, preciosa o precioso –se corrigió Kelly.

–¿Os gustaría conocer el sexo del bebé? –les preguntó el médico–. Podemos intentar averiguarlo.

–No, quiero que sea una sorpresa –le dijo ella.

El médico siguió examinando la imagen y haciendo algunas anotaciones. Después, le limpió la barriga.

Le entregó una imagen de lo que acababan de ver en la pantalla. Era increíble tener una ecografía de su bebé, pero estaba algo nerviosa, el médico estaba haciendo muchas anotaciones en su libreta.

–Estoy algo preocupado por usted –le dijo el doctor.

Kelly frunció el ceño y trató de incorporarse. Ryan la ayudó a hacerlo.

–Tiene la tensión muy alta y hemos encontrado trazas de proteína en su orina. He visto que tiene las manos y los pies hinchados y mucho me temo que no se está alimentando demasiado bien, debería pesar más a estas alturas del embarazo. Son síntomas de preeclampsia y se trata de una condición muy peligrosa que puede tener consecuencias serias.

No podía creerlo. Estaba sin palabras.

–¿Qué es la preeclampsia? –le preguntó Ryan al doctor.

–Se trata de una complicación que está asociada con una hipertensión inducida durante el embarazo y con elevados niveles de proteína en la orina. Puede desembocar en una eclampsia. En casos severos, se ponen en peligro la vida del feto y la de la madre –les explicó el médico–. Si su condición empeora un poco más, tendrá que ser ingresada en el hospital y quedarse allí hasta que llegue el momento de dar a luz. Si no me aseguran usted y su esposo que va a hacer reposo absoluto y a cuidarse más, tendré que ingresarla en el hospital.

–No es mi… –comenzó ella.

–Por eso no se preocupe –la interrumpió Ryan–. No dejaré que mueva ni un dedo. Tiene mi palabra.

–Pero… –protestó Kelly.

–No quiero oír ningún «pero» –le dijo el médico mientras la miraba serio a los ojos–. Creo que no entiende lo peligrosa que es esta condición. Si empeora, podría morir. La eclampsia es la segunda causa de muerte materna en los Estados Unidos y es la complicación más frecuente con la que nos encontramos durante el embarazo. Esto es muy serio y tiene que tomar todas las precauciones necesarias para que no empeore.

Vio que Ryan estaba muy pálido y ella también sintió que se le helaba la sangre.

–Doctor, le aseguro que a partir de ahora Kelly se limitará a descansar y a comer –le aseguró Ryan.

El médico asintió con la cabeza y se despidió de los dos.

–Me gustaría que volviera dentro de una semana. Si siente un fuerte dolor de cabeza o ve que empeora el edema de sus manos y sus pies, vayan directamente al hospital, ¿de acuerdo?

En cuanto se quedaron solos, Kelly se sentó en la camilla. Lo que el médico acababa de decirles había conseguido asustarla. Ryan se acercó y le apretó cariñosamente las manos.

–No quiero que te preocupes por nada, Kelly.

Estuvo a punto de echarse a reír al oírlo. Nunca había tenido tantos motivos por los que estar preocupada. Le entraron ganas de gritar y salir corriendo de la clínica.

–Venga, vámonos –le susurro él.

Dejó que la acompañara hasta el aparcamiento y que la metiera en el coche sin protestar. No podía creer que le estuviera pasando algo así. Ryan encendió el motor y comenzaron el trayecto de regreso a su apartamento, pero ella seguía sin poder hablar. No tenía trabajo pero, según lo que acababa de decirle al médico, era mejor así. De haber seguido trabajando al mismo ritmo, su condición podría haber empeorado rápidamente.

Pero no sabía cómo iba a poder subsistir sin trabajar. Estaba desesperada y no le gustaba sentirse tan vulnerable como lo estaba en esos momentos.

Se sobresaltó al oír el móvil de Ryan. Éste contestó la llamada y lo miró de reojo al ver que pronunciaba su nombre.

–Vamos ahora al apartamento de Kelly, a recoger sus cosas. Reserva dos billetes desde Houston y llámame cuando tengas el número de vuelo y la hora de embarque. Después, llama a la consulta del doctor Whitcomb en Hillcrest y pídeles que envíen el historial médico de Kelly al doctor Bryant de Nueva York. Encárgate de mantener las cosas al día en el despacho, que Linda revise los contratos que necesiten mi firma. Volveré a la oficina dentro de unos días.

Ryan colgó poco después y guardó el teléfono.

–¿Se puede saber de qué estabas hablando? –le preguntó ella con incredulidad.

–Vienes a casa conmigo –repuso él.

–Por encima de mi cadáver –replicó ella furiosa.

–No te lo estoy pidiendo –insistió Ryan con firmeza–. Necesitas a alguien que cuide de ti, ya que tú te niegas a hacerlo. ¿Acaso quieres poner en peligro la salud del bebé? ¿O la tuya? Dame una solución, Kelly. Demuéstrame que puedo irme de aquí sabiendo que vas a estar bien.

–¿Es que no entiendes que no quiero nada de ti?

–Sí, eso me lo dejaste muy claro cuando te acostaste con mi hermano. Pero el caso es que ese podría ser mi hijo o mi sobrino. De un modo u otro, no voy a irme de aquí sin saber que estáis los dos bien. Por eso tienes que venir conmigo a Nueva York. Y, si te niegas, tendré que llevarte a rastras hasta el avión.

–No es tu hijo –le dijo ella.

–Entonces, ¿de quién es?

–Eso no es asunto tuyo.

–Vas a venir conmigo –insistió Ryan–. Esto no lo hago solo por un bebé que ni siquiera sé de quién es.

–¿Por qué lo haces entonces?

Ryan no contestó.

Cuando llegaron a su apartamento, salió del coche antes de que Ryan pudiera abrirle la puerta y ayudarla. Subió las escaleras tan deprisa como pudo, pero él la seguía muy de cerca y no le dio tiempo a cerrar la puerta de su apartamento antes de que llegara Ryan.

–Tenemos que hablar, Kelly.

–Es verdad. Me dijiste que podríamos hablar del cheque después de ir al médico. Estabas dispuesto a tirármelo a la cara cuando me llamaste prostituta. Ahora soy yo la que quiero ese cheque y poco me importa ya lo que pienses de mí.

–Ya no hay trato.

–¡Estupendo! –replicó ella con sarcasmo.

–Quiero que vuelvas a Nueva York conmigo.

–Estás loco –le dijo con incredulidad–. ¿Por qué iba a ir a ningún sitio contigo?

–Porque me necesitas.

Sintió un fuerte dolor en el pecho al oírlo y se quedó sin aliento.

–Ya te necesité en otra ocasión y no te tuve.

Se apartó de él antes de que Ryan pudiera contestar. Estaba muy asustada, pero no podía dar su brazo a torcer.

Ryan se había quedado en silencio. Cuando volvió a hablar, notó algo distinto en su voz, parecía muy afectado por algo.

–Voy a salir a la farmacia para comprar lo que te ha recetado el médico. También compraré algo para comer. Cuando vuelva, espero que hayas hecho ya la maleta.

Se sentó en la mecedora en cuanto se quedó sola. Tenía un fuerte dolor de cabeza y se frotó la frente para tratar de aliviarlo. Su vida había cambiado por completo en unas pocas horas. Solo un par de días antes, había tenido un plan. Un plan bastante bueno. Pero se había quedado sin trabajo, tenía problemas de salud y su exnovio la estaba presionando para que volviera a Nueva York con él.

No le hacía ninguna gracia tener que hacerlo, pero se dio cuenta de que iba a tener que llamar a su madre. Se había jurado que no volvería a pedirle nunca nada, pero en ese momento se dio cuenta de que no tenía otra opción.

Tomó el teléfono y respiró profundamente antes de marcar su número de teléfono. Ni siquiera sabía si Deidre seguiría viviendo en Florida.

Su madre había dejado de ocuparse de ella en cuanto terminó sus estudios en el instituto. Le faltó tiempo para echarla de casa. Estaba deseando poder vivir con su último novio. Había tenido incluso el descaro de decirle que ya le había dedicado dieciocho años, los mejores de su vida. Años que nunca iba a recuperar y que había malgastado criando a una hija que nunca había querido tener.

Al recordarlo, estuvo punto de colgar el teléfono, pero su madre ya había descolgado.

–¿Mamá? –preguntó ella.

–¿Kelly? ¿Eres tú?

–Sí, mamá. Soy yo. Te llamo porque necesito tu ayuda. Verás… Estoy embarazada y necesito irme a vivir contigo.

Su madre se quedó en silencio.

–¿Dónde está ese novio tan rico que tenías?

–Ya no estamos juntos –repuso Kelly–. Ahora vivo en Houston. He perdido mi trabajo y no me encuentro bien. Al médico le preocupa mi salud y la del bebé. Necesito un sitio donde quedarme durante unas semanas, hasta que esté mejor.

Oyó que su madre suspiraba.

–No puedo ayudarte, Kelly. Richard y yo estamos muy ocupados y la verdad es que ni siquiera tenemos espacio en casa.

Se sintió muy dolida. Ya se había imaginado que de nada iba a servirle llamar a su madre. Colgó sin despedirse, no tenía nada más que decirle.

Su madre nunca había sido una madre de verdad, se había limitado a cuidarla porque no le había quedado más remedio que hacerlo.

–Te quiero –susurró mientras se acariciaba la barriga–. Y siempre te querré. Voy a disfrutar de cada momento que pase contigo.

Apoyó la espalda en la mecedora y miró al techo. Se sentía muy vulnerable. Cerró los ojos. Estaba agotada…

Se despertó de repente cuando alguien le sacudió el hombro. Abrió los ojos y vio que Ryan la miraba preocupado. Tenía un plato y un vaso de agua en las manos.

–Te he traído comida tailandesa –le dijo él.

Era su comida favorita y le sorprendió que lo recordara. Se incorporó con dificultad y tomó el plato que le ofrecía.

Ryan fue a la cocina a por una silla y se sentó a su lado. Le incomodaba que él estuviera observándola mientras comía y decidió concentrarse en lo que tenía en el plato.

–No te va a servir de nada ignorarme –le dijo él entonces.

Dejó de comer y lo miró.

–¿Qué es lo que quieres, Ryan? Sigo sin entender qué haces aquí o por qué quieres que vuelva contigo a Nueva York. No entiendo por qué te importa tanto cómo esté. Me dejaste muy claro hace unos meses que me querías fuera de tu vida.

–Estás embarazada y necesitas ayuda. ¿No te parece motivo suficiente para que quiera ayudarte?

–¡No! ¡No lo es!

Ryan apretó enfadado los dientes.

–Muy bien, te lo diré de otra manera –le dijo él–. Tú y yo tenemos mucho de lo que hablar. Entre otras cosas, he de saber si soy el padre del niño. Necesitas ayuda y puedo dártela. Alguien tiene que cuidar de ti. Necesitas un buen médico y puedo proporcionarte todas esas cosas.

Desesperada, se llevó las manos a la cabeza y se dejó caer contra el respaldo de la mecedora. Al verla así, Ryan se puso de rodillas a su lado y le tocó con cuidado un brazo, como si estuviera acariciando a un animal salvaje y asustado.

–Ven conmigo, Kelly. Sabes que somos nosotros los que tenemos que solucionar esta situación. Tienes que pensar en el bebé.

No le gustaba que tratara de manipularla de esa manera, haciendo que se sintiera culpable.

–No puedes trabajar. El médico te ha dicho que debes hacer reposo para no poner en peligro tu salud y la del bebé. Si no aceptas mi ayuda, hazlo al menos por el niño. ¿O acaso es tu orgullo más importante que su bienestar?

–¿Y qué se supone que vamos a hacer cuando lleguemos a Nueva York, Ryan? –le preguntó ella.

–Vas a descansar y, mientras tanto, hablaremos de cómo va a ser nuestro futuro.

Se le hizo un nudo en el estómago al oír sus palabras. Hablaba con mucha seriedad y le sorprendió que hablara del futuro de ellos tres.

Sabía que no debía aceptar su propuesta, pero tampoco podía dejar de hacerlo.

Había estado dispuesta a tragarse su orgullo y aceptar el cheque, se imaginó que también podía hacer lo que le sugería Ryan por el bien del bebé.

–De acuerdo, iré –susurró ella.

Ryan la miró triunfante.

–Entonces, vamos a hacer las maletas y salir de aquí cuanto antes.

Capítulo Cuatro

Cuando Kelly se despertó a la mañana siguiente, tardó unos segundos en recordar dónde estaba. Le costaba creerlo, pero estaba en Nueva York y con Ryan.

En pocas horas, ese hombre le había ayudado a hacer las maletas y la había llevado al aeropuerto. El avión aterrizó en el aeropuerto de La Guardia casi a medianoche y un coche los esperaba para llevarlos hasta su piso.

Cuando llegaron, estaba tan agotada que fue directamente al dormitorio de invitados. Era increíble estar allí de nuevo, en una casa que le resultaba tan familiar. Ese sitio había sido su hogar y sintió un gran dolor en el pecho al verse allí de nuevo. Hasta el olor de ese piso le resultaba familiar.

Cerca de ese dormitorio de invitados estaba el que Ryan y ella habían compartido, donde habían hecho el amor infinidad de veces y donde había sido concebido el bebé que crecía en sus entrañas. Pero también había sido allí donde su vida había cambiado para siempre.

Era una situación muy complicada, pero ya había aceptado que no tenía otra opción. Se duchó rápidamente, se vistió y fue al salón. Ryan estaba allí, escribiendo algo en su ordenador portátil. Levantó la vista al oírla.

—El desayuno está listo. He estado esperando a que te levantaras para comer.

Fue a la cocina, donde alguien había preparado una mesa para dos. Ryan comenzó a servir huevos, jamón y tostadas en los dos platos.

Se sentó a la mesa y se dio cuenta de que hacía muchas semanas que no se sentía tan bien. No había sido consciente de lo agotada que estaba hasta que el médico le había obligado a descansar.

—¿Cómo te encuentras? —le preguntó Ryan.

—Bien —murmuró ella mientras masticaba.

Había recuperado el apetito y se concentró en la deliciosa comida que tenía frente a ella.

Todo aquello era muy extraño. Se comportaban con exquisita educación, como si la situación fuera normal. Pero no lo era. Habría preferido volver a su habitación y esconderse bajo la colcha, era mucho más llevadero que tener que compartir ese desayuno para dos que Ryan le había preparado.

—Durante algún tiempo, voy a estar trabajando desde casa —le dijo él.

—¿Por qué?

—¿No es obvio? —le preguntó Ryan.

—Esto no va a funcionar. No puedo quedarme en casa y que tú estés vigilándome todo el tiempo. Preferiría que fueras al trabajo e hicieras tu vida normal.

Sin decir nada más, Ryan se levantó y salió de la cocina.

Le molestaba que actuara como si él fuera la víctima, como si ella fuera una mujerzuela horrible y desagradecida.

Se dio cuenta de que nunca iba a poder superar lo que Ryan le había hecho. Y él se comportaba como si estuviera esperando que ella le pidiera perdón, cuando era Kelly la víctima inocente.

Terminó de desayunar y salió de la cocina. Fue al salón y se detuvo frente a los grandes ventanales. Desde allí se veía todo Manhattan.

—No deberías estar de pie —le dijo Ryan tras ella.

Suspiró y se giró para mirarlo, pero se quedó sin aliento al ver que sólo llevaba puesta una toalla. Se dio la vuelta de nuevo, pero ya era demasiado tarde, tenía esa imagen grabada en la retina. Aunque no le habría hecho falta verlo para recordar a la perfección su anatomía. Tenía un torso ancho y musculoso. Siempre le habían gustado especialmente sus abdominales.

—Siento haberte avergonzado —susurró Ryan—. Después de lo que ha habido entre nosotros, no pensé que fuera un problema.

Le entraron ganas de echarse a reír. Él no la había avergonzado, pero no podía dejar de pensar en lo que había bajo esa toalla y eso era lo que menos gracia le hacía, que su mente la estuviera traicionando.

Respiró profundamente y se giró para mirarlo con frialdad.

—Si piensas que podemos continuar donde lo dejamos sólo porque fuimos amantes, estás muy equivocado.

–Dios mío, Kelly. ¿Piensas acaso que intentaría forzarte a tener relaciones sexuales conmigo cuando estás embarazada y el médico te ha mandado hacer reposo?

–Creo que no quieres que te conteste –replicó ella.

Vio que había conseguido ofenderlo. Ryan la miró furioso.

–Además, ¿qué te hace pensar que querría estar contigo después de que te acostaras con mi hermano?

Apretó los puños y respiró profundamente para no dejarse llevar por la ira.

–Bueno, como a tu hermano no le importó, pensé que era algo que os gustaba hacer en vuestra familia.

Ryan la fulminó con sus ojos azules. Después, se dio media vuelta y salió del salón.

Cuando se quedó sola, suspiró y se dejó caer en el sillón que tenía más cerca. No sabía por qué había sentido la necesidad de añadir más leña al fuego. Ya no le interesaba defenderse. Ryan no la había creído cuando se lo pidió ella, cuando de verdad importaba.

Era muy doloroso estar de vuelta en Nueva York. En ese lugar había demasiados recuerdos del tiempo que habían pasado juntos.

Nerviosa y algo desesperada, fue a la cocina. Abrió todos los armarios y el frigorífico para ver si Ryan tenía todo lo necesario para preparar uno de sus platos favoritos. Cuando vio que era así, lo colocó todo en la encimera. Era un alivio tener algo que hacer.

Recordó entonces que siempre le había encantado cocinar para Ryan.

–¿Qué demonios crees que estas haciendo? –le preguntó Ryan entrando de repente en la cocina.

Le quitó la sartén que sostenía en las manos y la llevó hasta salón.

–Siéntate –le ordenó cuando llegaron al sofá.

Después, colocó un cojín en la mesa de centro para que pusiera allí los pies.

–A lo mejor no entendiste bien las órdenes del médico. Tienes que descansar, no puedes estar de pie –le dijo Ryan pronunciando lentamente cada sílaba.

Le pareció que estaba mucho más calmado de lo que lo había estado unos minutos antes. Ella también estaba más tranquila. Decidió que había llegado el momento de aclarar algunas cosas.

–Tenemos que hablar –le dijo ella.

Ryan la miró con suspicacia, pero se sentó frente a ella.

–¿De qué quieres hablar?

–Quiero saber por qué fuiste a Houston y cómo conseguiste encontrarme.

Él se quedó en silencio.

–Contraté a un detective –le confesó después.

Lo miró boquiabierta.

–¿Por qué querías encontrarme? ¿Para poder insultarme otra vez? ¿Para poner mi vida patas arriba? No lo entiendo. Sé lo que piensas de mí. Lo dejaste muy claro cuando me echaste de tu vida. ¿Por qué ibas a querer encontrarme y volver a desenterrar el pasado?

–¡Por el amor de Dios, Kelly! –exclamó Ryan–. Desapareciste sin despedirte de nadie y no cobraste el cheque. Pensé que te había pasado algo. O incluso que habías muerto.

–Supongo que fue una desilusión para ti descubrir que seguía viva.

–No vuelvas esto contra mí –gruñó Ryan–. Fuiste tú la que echaste a perder nuestra relación, la que decidiste que yo no era suficiente para ti. Decidí buscarte porque, a pesar de lo que hiciste y de que quería olvidarte, no podía soportar la idea de imaginarte perdida y sola en alguna parte…

Ryan se quedó callado y apartó la vista. Unos segundos después, volvió a mirarla.

–Ya he contestado dos preguntas, ahora quiero que me contestes tú.

Kelly y Ryan levantaron la cabeza al oír el timbre de la puerta.

Poco después, entró en el salón su hermano, Jarrod.

–Hola, Ryan. El portero me dijo que estabas de vuelta y… –dijo Jarrod–. Hola, Kelly –añadió con expresión de sorpresa al verla allí.

Ryan miró entonces a Kelly y vio que se había quedado helada. No quería que pensara que él había planeado esa situación. Creía que los tres necesitaban aclarar algunas cosas, pero sabía que no era el momento más adecuado. Se levantó del sillón y fue al encuentro de su hermano.

Había tardado meses en superar su enfado y volver a tener una relación normal con su hermano. Siempre se habían llevado bien y Jarrod tenía una llave de su piso. Entraba y salía a su antojo.

Pero las cosas habían cambiado después de que Jarrod se acostara con su prometida. Las dos personas más importantes de su vida lo habían traicionado. Cuando por fin consiguió perdonar a su hermano, decidió que quizás había llegado el momento de encontrar a Kelly y, aunque no podía perdonarla, tratar al menos de entender por qué lo había hecho.

Aunque lo había perdonado, su relación había cambiado. Pensó que quizás había llegado el momento de que hablaran los tres, creía que así podría por fin superar lo que había pasado, pero prefería esperar a que Kelly se recuperara un poco.

—No es un buen momento, Jarrod —le dijo Ryan.

—Eso ya lo veo —repuso su hermano mirando con nerviosismo a Kelly.

Se giró entonces y vio que ella estaba temblando, parecía muy pálida y apretaba con fuerza los puños.

—¿Qué querías? —le preguntó a su hermano al ver que no se marchaba.

—Nada importante. Solo quería saludarte y decirte que mamá quiere que cenemos allí el sábado. Últimamente te he visto muy poco, has estado ocupado con lo del complejo hotelero y esperaba poder pasar algo de tiempo contigo.

Suspiró al oírlo. Siempre habían sido grandes amigos, pero Kelly lo había cambiado todo. No le gustaba nada que una mujer se hubiera interpuesto entre los dos. Después de todo, Jarrod era más que un hermano. Después de que muriera su padre, Ryan lo había criado casi como si fuera su hijo.

–De acuerdo, ya llamaré más tarde a mamá y podremos charlar tú y yo. Pero ahora no es el mejor momento.

–Lo entiendo. Hasta luego –le dijo Jarrod.

Lo acompañó a la puerta.

–¿Es que vas a volver con ella después de lo que pasó? –le susurró su hermano antes de salir.

Frunció el ceño sorprendido.

–¿Por qué hablas de eso? ¿Acaso no te preocupa que pueda ser tuyo el bebé que está esperando?

Jarrod hizo una mueca al oírlo y palideció.

–¿Es eso lo que te ha dicho ella?

–No, no me lo ha dicho ella. Pero es posible que lo sea.

–No, no puede serlo –insistió su hermano–. Sé que es un tema delicado, pero usé protección. Lo siento, pero el bebé no es mío.

Jarrod salió del piso y fue hasta el ascensor. Ryan cerró la puerta y suspiró. Odiaba estar en esa situación. Estaba enfadado con Kelly, con su hermano y con él mismo. Estaba casi seguro de que el bebé era suyo.

Cuando volvió al salón, le sorprendió la expresión en el rostro de Kelly. Parecía muy alterada y nerviosa.

–Si vuelve al piso, me voy de aquí. No pienso estar en la misma habitación con él –le dijo ella mientras lo miraba directamente a los ojos.

–Sabes de sobra que viene mucho por aquí.

Kelly apretó aún más los puños.

–No pienso quedarme aquí.

No entendía por qué estaba tan enfadada con su hermano. Creía que era Jarrod el que debía sentirse ofendido. Después de todo, ella lo había acusado de tratar de violarla. Le parecía que nada tenía sentido y estaba cansado de tratar de entender lo que pasaba.

–Jarrod acaba de decirme que usó protección contigo –le dijo él entonces.

Le pareció que sus palabras le causaban mucho dolor, no era la reacción que había esperado de ella.

–Y le has creído, por supuesto –repuso Kelly.

Parecía estar a punto de echarse a llorar.

–¿Qué es lo que quieres decir? ¿Que no lo hizo? ¿Sigues manteniendo que el bebé no es mío? –le preguntó el.

Hasta ese momento, no había sabido hasta qué punto deseaba ser el padre de ese niño. La miró a los ojos para pedirle sin palabras que le dijera lo que ansiaba oír, que era el padre.

Pero su rostro no expresaba nada.

–Yo no mantengo nada.

Cada vez se sentía más frustrado. Kelly se había encerrado en sí misma y no iba a conseguir sacarle nada. Le entraron ganas de atravesar la pared con el puño.

–Voy a salir un rato –le dijo entonces–. Traeré algo para comer.

Mientras bajaba en el ascensor al garaje, le sonó el teléfono móvil. Lo sacó de mala gana.

–¿Qué? –contestó enfadado.

–¿Ryan? –repuso su madre algo confusa.

Ryan se metió en el coche y cerró los ojos.

–¿Qué es lo que te pasa?

–Nada, mamá. Es que tengo mucho trabajo hoy. ¿Qué querías?

–No sé si te lo dicho tu hermano, pero me gustaría que vinieras a cenar mañana por la noche.

Respiró profundamente antes de contarle a su madre lo que acababa de descubrir. No iba a ser fácil, pero se dio cuenta de que no podía ocultarlo.

–Mamá, tengo que decirte que Kelly está aquí conmigo y que está embarazada.

Su madre se quedó unos segundos en silencio.

–Entiendo… Bueno, supongo que entonces será mejor que no invite a Roberta a la cena.

Hizo una mueca al oír el tono con el que le hablaba su madre. Roberta Maxwell era la joven con la que su madre llevaba algún tiempo tratando de emparejarlo.

Nunca le había gustado Kelly ni la idea de que se casara con ella. Aun así, siempre había tratado con educación a su prometida, él no habría permitido que lo hiciera de otro modo.

Después de lo que le pasó con Kelly, no le habría extrañado que su madre aprovechara la ocasión para recordarle que a ella no le había gustado desde el principio. Pero su progenitora se había mostrado siempre muy compasiva.

–Creo que será mejor dejar la cena para otra ocasión. No es buen momento para Kelly ni para mí.

Se despidió de su madre y colgó.

Encendió el motor y salió del garaje. Condujo durante algunos minutos sin un destino en mente. Pero no tardó en llegar a su edificio de oficinas, era como si su coche se supiera el camino.

Aparcó y subió a las oficinas de la empresa. Jansen lo miró sorprendido y no le extrañó nada que lo hiciera. Acababa de decirle que iba a estar unos días sin aparecer por allí. Fue directamente a su despacho. Se sentó en su sillón y le dio la vuelta para contemplar las vistas desde la ventana.

El cielo se había nublado esa mañana. Era un día gris y frío. Después de pasar varios días en Texas, con un clima cálido incluso en invierno, le estaba costando adaptarse al frío de Nueva York.

Sonó el teléfono y estuvo punto de no contestar. Vio que se trataba de Cameron. Su amigo iba a preguntarle por qué se había ido tan deprisa de isla Moon.

No le apetecía darle explicaciones de ningún tipo, pero se dio cuenta de que no tenía ningún sentido alargar más lo inevitable.

—¿Ya estáis de vuelta Devon y tú? —le preguntó cuando contestó.

—¡Por fin te localizo! Llevo mucho tiempo llamándote. ¿Dónde te habías metido? —quiso saber su amigo.

—Me llamó el detective y me dijo que había encontrado a Kelly.

Cameron se quedó callado. Después, oyó que murmuraba, imaginó que se lo estaría contando a Devon.

–¿Y?

–La encontró en Houston. Me fui de la isla para ir personalmente a ver si era ella –le explicó–. Y, en efecto, era Kelly y ha vuelto a Nueva York conmigo.

–¿Cómo? –preguntó Cameron estupefacto–. ¿Por qué has hecho algo así?

–Está embarazada, Cameron.

–No lo puedo creer. ¿Qué es lo que está pasando? Últimamente, aparecen mujeres embarazadas por todas partes. Te voy a hacer la misma pregunta que le hice a Rafael cuando Bryony reapareció de repente en su vida. ¿Cómo sabes si es tuyo el niño?

–No he dicho en ningún momento que sea mío –repuso Ryan–. Lo único que he comentado es que está embarazada.

–Claro. ¿Y pretendes que me crea que te has llevado a tu exnovia de vuelta a Nueva York embarazada de otro hombre?

–No me hables así. El caso es que podría ser mi hijo. O quizás sea el de mi hermano. ¿Entiendes ahora mi problema?

–Pues sí, es un problema muy grande que me alegra no tener. ¿Qué te ha contado ella?

–Ese es otro de los problemas, está enfadada conmigo, furiosa. Me trata como si ella fuera la víctima. No lo entiendo. No me ha querido decir de quién es el bebé.

–Bueno, a lo mejor no lo sabe –le comentó Cameron–. Si se acostó contigo, con tu hermano y quizás con alguien más, es normal que no sepa quién es el padre.

No le gustó oírlo, pero se dio cuenta de que podía estar en lo cierto.

–Ese comentario está fuera de lugar, Kelly no es ninguna mujerzuela.

–No he dicho que lo fuera.

–Pero lo has insinuado.

–Sé que estás muy molesto, Ryan, pero no te enfades conmigo. Eres mi amigo y me preocupa que estés perdiendo la cabeza. Creo que no deberías haber tratado de encontrarla. Ahora ya no tiene remedio, pero deberías hacerte cuanto antes las pruebas de paternidad.

–Preferiría no llegar tan lejos –susurró Ryan–. Lo único que quiero saber es por qué se torcieron tanto las cosas –agregó mientras sacudía la cabeza.

Sabía que esa conversación no iba a llevarle a ninguna parte. Cameron era un tipo duro que no perdonaba fácilmente.

–Siento mucho que te veas en esta situación, Ryan –le dijo entonces su amigo–. Lo que necesitas es salir, tomarte un par de copas y tener una breve aventura. Deberías abandonar esa especie de celibato que te has impuesto tú mismo desde que rompiste con Kelly.

Ryan se echó a reír al oír la sugerencia de su amigo.

–Espera un momento, Devon quiere hablar contigo –le comentó Cameron.

Unos segundos después, estaba hablando con él.

–No voy a repetir lo que ya te ha dicho Cameron, pero estoy de acuerdo con él –le dijo Devon–. Sólo quería comentarte que voy a estar unos cuantos días incomunicado.

–¿Acaso te escapas para casarte con Ashley? –le preguntó Ryan sonriendo.

–No y no me gustan esas bromas –repuso Devon–. Ha surgido un problema con la construcción del hotel y he decidido ir personalmente a solucionarlo. Ya hemos sufrido demasiados retrasos y creo que esto será lo más rápido.

–¿Cuándo te vas?

–Pasado mañana. Me iría antes, pero no puedo. Y Cameron va a estar fuera del país a partir de mañana. Tampoco puedo pedirle ayuda a Rafael, después de todo, está de luna de miel.

–Ahora lo entiendo –murmuró Ryan–. En realidad, me llamabais para ver si puedo hacerlo yo.

–Sí, pero después de oír lo que ha pasado, tendré que ir yo mismo –le dijo Devon.

Ryan se quedó un momento pensativo y tomó rápidamente una decisión.

–No, iré yo.

–¿En serio? Pero, ¿no acabas decirnos que Kelly está en tu casa?

–Sí, pero puede venir conmigo. Creo que será perfecto. Así podemos estar lejos de todo. Tendremos tiempo para hablar y tratar de solucionar las cosas.

Su amigo se quedó en silencio.

–¿De verdad quieres volver con ella? ¿Después de lo que te hizo? –le preguntó Devon.

–Aún no lo sé. Necesito tener algunas respuestas

antes de tomar una decisión tan importante. Pero, si el bebé es mío, no voy a permitir que se vuelva a marchar.

–Muy bien, entonces te enviaré un correo electrónico detallándote todos los temas que debes supervisar en la isla. Mantenme informado de cómo va todo y recuerda que puedo ir yo mismo si surge cualquier problema.

–Así lo haré –le aseguró Ryan–. Por cierto, sé que pensáis que estoy loco, pero me alegra poder contar con vuestro apoyo.

–Sí, creo que estás loco –repuso Devon–. Pero es tu vida y tu felicidad, amigo.

Se despidió de ellos y se quedó mirando el teléfono móvil después de colgar.

Llamó después a Jansen. Le dio una larga lista de instrucciones. Entre otras cosas, había que encontrar un obstetra para Kelly. Iba a necesitar que un médico le diera permiso para viajar. Si todo estaba bien, le apetecía poder pasar algunos días a solas con ella para poder hablar de lo que había pasado y tratar de solucionar las cosas.

Después, hizo otra lista con las cosas que tenía que comprar. Kelly iba a necesitar todo tipo de ropa.

Capítulo Cinco

Sentada en la cama, Kelly reflexionó sobre su situación y se dio cuenta de que no podía seguir allí. Había sido lo bastante tonta como para creer que podía vivir en un lugar donde podía cruzarse con Jarrod en cualquier momento.

Le había sacado de quicio tener que verlo esa mañana en el salón de Ryan. Se había sentido paralizada al instante y había tenido que soportar su gesto de fingida inocencia.

No le gustaba sentirse tan vulnerable, no lo soportaba. Le habría encantado poder darle un buen puñetazo y contarle a Ryan qué tipo de persona era su querido hermano.

Odiaba a Jarrod por lo que le había hecho y a Ryan por no ayudarla cuando más lo había necesitado.

Había tomado la decisión y no pensaba cambiar de idea. No iba a quedarse allí.

Pensó en las alternativas que tenía. No podía irse sin saber adónde. Debía planearlo bien. Tenía que encontrar un lugar seguro para ella y para el bebé.

—Quieres irte, ¿verdad?

Se sobresaltó al oír la voz de Ryan. Le hablaba desde la puerta. Sin saber por qué, se sintió culpable y no le gustó nada sentirse así.

–No tengo motivos para quedarme.

–Ven conmigo al salón –le sugirió él mientras le tendía la mano.

Durante unos cuantos segundos, se quedó mirando la mano que le ofrecía. Sabía que no debía aceptarla, pero algo en su voz la convenció y se la dio.

Ryan tiró de ella con suavidad y la llevó de la mano al salón.

Se sentó en el sofá y le hizo un gesto para que ella se acomodara a su lado.

–Me he comportado como un cretino y lo siento –le dijo Ryan mientras se pasaba una mano por el pelo con nerviosismo–. No deberías tener que soportar más estrés en la condición en la que estás y no he hecho si no empeorar la situación.

Ella abrió la boca para contestarle, pero Ryan le colocó un dedo en los labios para impedírselo.

–Deja que termine –le pidió–. He estado toda la mañana en la oficina. Han surgido algunos problemas en un proyecto muy importante y mis socios no pueden encargarse de ellos. Tengo que ir a supervisar unas obras y quiero que vengas conmigo.

Se quedó mirándolo sin entender. No comprendía por qué Ryan parecía disfrutar desenterrando el pasado cuando los dos sabían que su relación había muerto muchos meses antes y era irreparable. Además, había sido el propio Ryan el que había dado por terminada la relación y la había echado de su vida como si fuera una bolsa de basura, como si no fuera importante para él.

–Quiero cuidar de ti, Kelly. Me gustaría que pudiéramos olvidar lo que ocurrió en el pasado y concentrarnos en el presente.

–¿Estás hablando en serio?

–Sí, muy en serio. Tenemos que solucionar muchas cosas y no podremos hacerlo si no estás dispuesta a pasar algún tiempo juntos para que podamos hablar.

En ese momento, se sintió tan vulnerable que le entraron ganas de llorar. Le habría encantado que Ryan hubiera querido escucharla meses antes, no en ese momento. Le había decepcionado más que nadie porque él era su prometido, el que debía haber estado de su lado. Le parecía increíble que quisiera arreglar las cosas con ella después de tan grave traición.

Ryan le acarició suavemente la mejilla y le sorprendió ver que le temblaban los dedos. Su mirada era una súplica y no supo qué decir. Una parte de ella se negaba a continuar con esa pantomima, pero le costaba decirle que no.

Sacudió la cabeza para negarse, pero Ryan, que seguía con la mano en su mejilla, detuvo el movimiento mientras le acariciaba los labios con el pulgar.

–No va a haber ningún tipo de presión, promesas ni obligaciones. Estaremos los dos solos en un complejo hotelero de la playa. Es un comienzo, es todo lo que te pido. Solo lo que estés dispuesta a darme.

–Pero el bebé…

–Nunca haría nada que pudiera poner en peligro su bienestar. Tendrás que ir al médico y que él te dé el visto bueno para viajar.

Tenía que reconocer que la idea era muy tentadora. Ryan le estaba pidiendo que fuera con él, no se lo ordenaba. Esa situación la devolvió al pasado durante unos segundos y recordó lo cariñoso que había sido siempre con ella.

Pero sabía que no tenía futuro, nunca podría estar con un hombre que no confiaba en su palabra, y sabía que le costaría mucho trabajo despedirse de él después de pasar una semana juntos en la playa.

Se quedaron unos segundos en silencio.

Después, decidió que lo haría. No sabía muy bien por qué, pensaba que no iban a sacar nada en claro, pero quería pasar ese tiempo con él antes de seguir adelante con su vida. Asintió con la cabeza y vio que Ryan suspiraba aliviado. Creía que se le daba muy bien fingir que ella le importaba, pero no lo creía posible. De haber sido así, nunca la habría apartado de su lado y seguirían juntos, esperando con ilusión la llegada de su primer hijo.

—Iremos esta tarde al médico. Si nos dice que puedes viajar, volaremos mañana mismo. Así que deberías aprovechar esta tarde y esta noche para descansar. En cuanto lleguemos al hotel, lo más duro que tendrás que hacer cada día será caminar de la habitación a la playa y de la playa a la habitación.

—Quiero habitaciones separadas —le pidió ella.

—Ya he reservado una suite.

Frunció el ceño al oírlo, pero decidió no protestar.

—No te arrepentirás, Kelly —le dijo Ryan—. Podemos hacer esto, podemos arreglar las cosas.

Cerró los ojos al oír sus palabras. Ryan le hablaba con tanta intensidad que no le resultaba difícil dejarse seducir por lo que le decía. Pero sabía que no iban a poder avanzar hasta que hablaran de lo que había ocurrido en el pasado. Y ella no quería tener que recordar el peor día de su vida, cuando no encontró a nadie que la creyera.

El médico les dijo que una semana de descanso y relax era justo lo que Kelly necesitaba y recordó que debía acudir al hospital más cercano si se le hinchaban más las extremidades o tenía algún otro síntoma de preeclampsia.

Mientras hablaban con él, Kelly miró de vez en cuando a Ryan. Éste escuchaba con atención cada palabra del doctor, como si fuera un preocupado esposo y padre. Y no le agradaba verlo tan interesado, todo lo contrario.

Cuando regresaron al piso de Ryan, se encontraron varias bolsas en el vestíbulo. Eran de tiendas de moda femenina, incluso una de la tienda de lencería más famosa de la ciudad.

—Estupendo, parece que Jansen ha traído lo que le pedí —comentó Ryan al ver las bolsas—. Todo esto es para ti, para el viaje.

Las llevó al sofá y le hizo un gesto para que se sentara y fuera mirando las cosas.

Algo confusa, fue al sofá. Encontró varios vestidos de premamá para la playa, alguno de noche, bañadores, sandalias y varios conjuntos de lencería. Ryan había pensado en todo y había acertado con las tallas.

–No tenías por qué… –murmuró ella.

Sin que apenas fuera consciente de ello, habían vuelto a sus antiguos hábitos. Durante su relación, Ryan le había hecho muchos regalos.

–Bueno, en realidad no lo he hecho yo, sino Jansen –le explicó Ryan.

Le entraron ganas de reír al imaginarse a Jansen, el apuesto secretario de Ryan, en el departamento de lencería femenina y ropa de premamá.

–¿Como está Jansen?

–Bien, como siempre.

–Gracias por todo esto –le dijo ella entonces.

–No hay de qué –repuso Ryan con una sonrisa–. ¿Por qué no te acuestas un rato mientras hago las maletas? Después, podemos cenar. Como salimos mañana por la mañana, será mejor que nos acostemos pronto.

Kelly dejó la ropa en el sofá y se levantó lentamente. Sabía que estaba cometiendo un error y era mejor mantener las distancias, no quería volver a cometer los mismos errores del pasado.

Aunque lo tenía muy claro, no podía evitar que su corazón anhelara los buenos momentos y lo echara de menos. Sintió de repente una tristeza inmensa y salió del salón antes de que Ryan pudiera ver sus lágrimas.

A la mañana siguiente, Ryan la despertó sacudiéndole suavemente el hombro. Se duchó mientras él le preparaba el desayuno. Cuando terminaron de comer, Ryan bajó al garaje el equipaje de los dos.

Estuvo muy callada durante el trayecto hasta el aeropuerto. Por un lado, le atraía pasar una semana en la playa con Ryan, pero temía estar a solas con él. Había estado tan concentrada en la ira y el odio que sentía por ese hombre, que no había sido consciente de que aún estaba enamorada.

No podía creer que amara a un hombre que no la correspondía, sobre todo después de que la hubiera traicionado como lo hizo. Le parecía patético que aún sintiera algo por él.

Ryan había alquilado un avión privado para llevarlos directamente a la isla. El vuelo duraba sólo unas horas, pero tuvo tiempo suficiente para arrepentirse de la decisión que había tomado y lamentó no poder dar marcha atrás.

–¿Por qué no echas el respaldo hacia atrás? –le sugirió Ryan mientras lo hacía por ella–. Ponte de lado y te daré un masaje en la espalda.

Estaba demasiado incómoda y nerviosa para que su ofrecimiento no la tentara. Se giró hacia la ventana y esperó.

No pudo evitar suspirar de placer cuando Ryan comenzó a masajearle la espalda. Era increíble sentir sus manos aflojando poco a poco la tensión que había en sus músculos. Bostezó ruidosamente y se acomodó en el asiento.

Durante unos minutos, olvidó el pasado y el futuro. Se concentró en ese momento y en lo bien que le sentaba tener a Ryan cuidando de ella con dedicación y cariño, como lo había hecho cuando estaban juntos.

Se quedó dormida con una sonrisa en la cara.

Ryan la despertó cuando estaban a punto de aterrizar. Hacía mucho tiempo que no se encontraba tan relajada.

Unos minutos más tarde, Ryan le rodeó los hombros mientras la ayudaba a bajar del avión. La acompañó al coche que los esperaba mientras el chofer metía el equipaje en el maletero.

El hotel donde iban a alojarse era muy lujoso y estaba en la playa. Ryan le dijo que, cuando terminaran de construir el complejo hotelero en el que estaban trabajando, aquel iba a parecer poco más que un motel de carretera.

La suite que Ryan había reservado era espaciosa y cómoda. Se sentó en el sofá nada más entrar y se quedó con la vista perdida mientras contemplaba la playa privada que tenían a su disposición. Él se arrodilló a su lado y le quitó los zapatos. Vio que le observaba los pies para ver si estaban más hinchados. Después, comenzó a masajearlos. No pudo evitar gemir al sentir sus manos.

–¿Te gusta?

–Muchísimo –confesó ella.

Ryan siguió dándole el masaje mientras la observaba de vez en cuando. En un momento dado, ella se llevó las manos al vientre y sonrió.

–¿Se está moviendo? –le preguntó Ryan.

Asintió con la cabeza.

–¿Puedo tocarlo?

Tomó la mano de Ryan y la colocó donde había tenido la suya unos segundos antes. Sonrió al ver la expresión de sorpresa en su rostro cuando el bebé le dio una patada.

–¡Es increíble! ¿Te duele?

–No –repuso ella riendo–. No siempre es agradable, pero no duele.

Ryan siguió con la mano en el mismo sitio durante unos segundos más. Vio que estaba muy serio. Poco después, se levantó.

–¿Quieres cenar en la terraza o preferirías ir al restaurante?

–Aquí, por favor –le dijo ella–. Me gustan mucho las vistas que tenemos y estaremos más a gusto en la habitación.

Ryan asintió y fue hasta donde estaba el teléfono para pedir la cena.

Media hora más tarde, un camarero les llevó la comida en un carro y preparó la mesa en la terraza de la suite. Comieron en silencio, disfrutando del atardecer y el sonido de las olas.

Cuando terminaron, Ryan le sugirió que se acostara, pero ella no estaba cansada. Hacía mucho tiempo que no se sentía tan relajada y estaba deseando dar un paseo por la playa. Se lo dijo y el frunció el ceño, no parecía gustarle la idea, pero terminó accediendo.

Fue maravilloso pasear por la tranquila playa, con la brisa marina agitando su larga melena. Se quitó las sandalias y se agachó para recogerlas, pero Ryan se le adelantó. Le encantaba sentir la arena mojada entre sus dedos. Se acercó al agua y se quedó ensimismado mirando el ir y venir del agua sobre sus pies.

Ryan también se descalzó y se acercó hasta donde estaba ella. Siguieron paseando y él le rodeó la cintura con el brazo, pero ella se resistía, no quería acercarse más a él.

–No deberíamos ir muy lejos –comentó Ryan poco después–. Tienes que hacer reposo, recuérdalo. Le prometí al médico que ibas a descansar.

–Esto es mucho más descansado que pasar doce horas al día en pie –repuso ella.

–Eso no volverá a pasar –le dijo Ryan con seriedad mientras le apretaba más la cintura.

Ella no dijo nada, pero se apartó de él para volver al hotel.

Cuando entraron en la suite, fue directa al sofá.

–¿Quieres beber algo? –le preguntó él.

–Un zumo, si es posible.

Ryan buscó en el frigorífico de la suite y volvió poco después a su lado con un zumo de naranja.

–Deberías acostarte ya –le dijo él–. Ya tendrás tiempo de conocer bien este sitio cuando hayas dormido.

Estaba cansada, pero no le apetecía dar por terminado un día que había sido maravilloso. Estar con él después de tantos meses le provocaba sentimientos agridulces.

No podía seguir pensando en el pasado. Iba a estar allí con Ryan una semana y le habría encantado poder partir de cero.

El sofá era tan mullido y bajo que, aunque lo intentó durante bastante tiempo, no pudo levantarse. Se echó a reír, le pareció una situación muy cómica. Ryan se acercó, tomó sus manos y tiró de ella.

Se quedaron durante algún tiempo el uno frente al otro y aprovechó el momento para estudiar sus facciones. Era la primera vez que lo miraba de esa manera, sin tratar de esconder sus emociones.

–Buenas noches, Ryan –susurró ella.

Durante unos segundos, le pareció que él estaba a punto de besarla. De haberlo hecho, no sabía cómo habría reaccionado.

–Buenas noches, Kelly. Que descanses –le dijo él entonces.

Se fue al dormitorio pensando en lo que acababa de ocurrir y lamentando que no hubiera pasado nada más.

Capítulo Seis

Kelly apenas pudo dormir esa noche. Pasó horas tumbada en la cama, observando el techo y recordando el pasado. Revivió el momento en el que conoció a Ryan y cómo la conquistó. Su relación había sido apasionada e intensa desde el principio.

Desde que él la invitara a cenar por primera vez, habían pasado semanas juntos, viéndose cada día. Cuando sólo llevaban un mes de relación, se fue a vivir con él. Un mes más tarde, Ryan le pidió en matrimonio.

Nunca supo muy bien por qué la había elegido a ella para que fuera su esposa. No pensaba que fuera peor que él en ningún sentido, pero Ryan Beardsley era un hombre muy rico. Podía haber tenido a cualquier mujer a su lado y no había terminado de comprender por qué la quería a ella.

No tenía contactos ni procedía de una buena familia. No tenía dinero ni prestigio. Era sólo una estudiante universitaria que se pagaba las clases trabajando como camarera. Pero eso había cambiado cuando llegó Ryan a su vida.

Con la sabiduría que le daba la distancia, había llegado a pensar que ése había sido uno de sus grandes errores. Había dejado que Ryan cambiara por completo su existencia y se había dejado seducir por el cuento de hadas. Había confiado por completo en él y nunca se le pasó por la cabeza que su amor no fuera correspondido.

Se preguntó cómo reaccionaría Ryan después de tantos meses si ella trataba de contarle otra vez la verdad para que supiera qué había pasado realmente aquel día, cuando no la creyó y decidió apartarla de su vida.

No la había creído entonces y no pensaba que eso fuera a cambiar. Se le llenaron los ojos de lágrimas cuando aparecieron en su mente imágenes de aquel fatídico día.

Kelly se quedó mirando la prueba de embarazo, no sabía si reír o llorar. La escondió rápidamente y comenzó a pensar en cómo iba a decírselo a Ryan. Esperaba que le gustara la idea. Pensaban casarse pronto y solían hablar a menudo de su deseo de ser padres.

Estaba deseando decírselo. Sabía que ese día iba a estar en el despacho y pensó en ir a verlo y darle una sorpresa.

Estaba entusiasmada, deseando ver su expresión cuando se lo contara.

Oyó de repente un ruido en el salón y sonrió. No iba a tener que esperar. Ryan estaba en casa. De vez en cuando, se pasaba por el piso sin avisar para darle una sorpresa y comer con ella.

Lo llamó entonces y se quedó sin palabras al ver a

Jarrod aparecer en la puerta de su dormitorio. Los visitaba con frecuencia, pero siempre lo hacía cuando Ryan estaba en casa.

–Jarrod, ¿qué haces aquí? Ryan está en el despacho. No volverá hasta dentro de unas horas.

–He venido para hablar contigo.

–¿De qué se trata? –le preguntó ella con curiosidad–. Vamos al salón.

Pero Jarrod no le hizo caso y entró en el dormitorio. Aquello le dio mala espina y se estremeció.

–¿Cuánto quieres a cambio de romper con Ryan e irte de aquí?

Se quedó estupefacta. Se imaginó que no lo había entendido bien.

–¿Cómo?

–No te hagas la tonta, no lo eres. ¿Cuánto dinero quieres?

–¿Cómo puedes intentar comprarme? ¿Ha sido tu madre la que te ha pedido que lo hagas? Los dos estáis locos. Quiero a Ryan y el a mí. Vamos a casarnos.

Vio que Jarrod se ponía más nervioso aún.

–Esperaba que me lo pusieras más fácil. Te estamos ofreciendo bastante dinero.

Cuando vio que hablaba en plural, se dio cuenta de que también la madre de Ryan estaba detrás de esa operación. Estaba a punto de decirle que se fuera de allí, que no quería volver a verlos en su vida, cuando Jarrod se acercó un poco más. La miraba amenazadoramente e, instintivamente, dio un paso atrás.

–Creo que deberías irte. Ahora mismo –le dijo ella mientras iba hacia el teléfono.

Jarrod se abalanzó sobre ella y le quitó el móvil. Estaba demasiado atónita por el ataque y tardó en reaccionar y defenderse.

La tiró en la cama y se echó sobre ella, tocándola todo el cuerpo e intentando desnudarla. Kelly levantó la rodilla para tratar de golpearlo en la entrepierna, pero Jarrod se apartó a tiempo y la sujetó con más fuerza aún.

Gritó aterrorizada. Le estaba haciendo mucho daño. Estaba furiosa y no podía creer que fuera a violarla en la cama de su propio hermano. Pensó que se había vuelto loco y estaba segura de que Ryan lo mataría cuando lo supiera.

Al ver que no iba a detenerse, reunió las pocas fuerzas que le quedaban para luchar y tratar de defenderse. Por fin consiguió darle un buen golpe en los genitales. Jarrod gruñó y aprovechó para apartarse de él mientras intentaba cubrirse con lo que le quedaba de ropa.

Se puso en pie y se llevó la mano a la garganta. Le dolía como si hubiera intentado estrangularla.

–Te matará cuando lo sepa –le dijo sollozando–. ¿Cómo has podido hacerme algo así? ¡Es tu hermano, maldito canalla!

Fue hacia la puerta. Sólo tenía una cosa en mente, escapar de allí e ir en busca de Ryan. Pero las palabras de Jarrod la detuvieron.

–Nunca te creerá.

–Estás loco –le dijo ella llorando.

Pero Jarrod había estado en lo cierto. Ryan no la creyó. Su hermano lo había llamado desde el apartamento poco después de que se fuera ella y había tenido la brillante idea de contarle exactamente lo que sabía que Kelly le iba a decir a su prometido. Pero Jarrod le dijo también que Kelly había sido la que lo había seducido y que, cuando él le echó en cara que fuera infiel a Ryan, ella se enfadó y le dijo que iba a inventarse una historia y contarle a su novio que había tratado de violarla.

Imaginó que Jarrod lo había hecho muy bien porque Ryan se mostró muy frío con ella cuando la vio entrar en su despacho minutos después y, tras contarle la verdad, exactamente lo que Jarrod le había advertido que iba a decirle, su prometido se limitó a entregarle un generoso cheque y a pedirle que se marchara.

Kelly siguió tumbada en la cama, sin poder pensar en otra cosa que no fuera ese horrible día. Estaba allí para descansar y olvidar el pasado, pero seguía sintiéndose traicionada por las personas en las que más había confiado.

Cuando Ryan llamó a la puerta de su habitación, volvió a la realidad. Ya había amanecido y no había dormido casi nada.

Le costó levantarse. Se puso una bata y abrió la puerta.

Ryan ya estaba vestido. Llevaba unos pantalones beis y una camisa. Parecía listo para ir al trabajo.

–Te he dejado el desayuno preparado en la cocina. Tengo que pasar unas horas en la zona de construcción. ¿Crees que estarás bien sola?

Asintió con la cabeza. Le alegraba no tener que hablar con él esa mañana después de la noche que había pasado. Necesitaba tiempo para recuperarse.

–Por supuesto. ¿A qué hora volverás?

–Son las ocho –repuso Ryan mirando el reloj–. Me imagino que volveré a eso de las doce. Podemos comer en el restaurante del hotel y después, si te apetece, dar un paseo por la playa. Aprovecha este tiempo para descansar. Preferiría que no fueras a la playa tú sola.

–No va a pasarme nada si salgo sola del hotel.

–Lo sé, pero preferiría estar contigo.

Se quedó sin palabras al oír tal afirmación y se limitó a asentir con la cabeza.

–Muy bien, te veré a la hora de la comida.

Cerró la puerta de su dormitorio y se apoyó contra ella.

Era el primer día de esa semana durante la que iba a intentar olvidar el pasado y ver si podían arreglar las cosas.

Cada vez le parecía más complicado.

Llenó la bañera de agua caliente, estaba deseando poder darse un baño relajante. Sabía que no le convenía que el agua estuviera muy caliente ni debía permanecer dentro mucho tiempo. Después de veinte minutos disfrutando de ese placer, salió de mala gana de la bañera. Se vistió y fue a la cocina para desayunar.

Hacía mucho tiempo que no tenía tanto apetito.

Cuando terminó, buscó una toalla y salió a la playa. Después de unos meses trabajando como camarera en el restaurante, le parecía un lujo poder pasar un día tumbada en la arena.

Se acomodó bajo una de las sombrillas que había en la playa. Era increíble cerrar los ojos y dejarse llevar por los olores y los sonidos que la rodeaban. Creía que esos días iban a ser unas verdaderas vacaciones para su alma.

No tardó en vencerla el sueño después de la noche de insomnio que había pasado. Decidió dejarse llevar y disfrutar de una siesta mientras esperaba a Ryan.

Ryan volvió a la suite a mediodía. Buscó a Kelly, pero no estaba en ninguna parte. Se dio cuenta de que no le había hecho caso y había decidido salir del hotel sin esperarlo. Sabía que estaba demasiado pendiente de ella, pero no podía evitarlo, estaba muy preocupado.

Salió a la terraza y la buscó con la mirada en la playa. Al no verla, fue hacia las sombrillas.

No tardó en encontrarla, estaba tumbada de costado y completamente dormida. Se le hizo un nudo en la garganta al ver esa imagen tan bella. Vio que estaba descalza y que sus tobillos seguían hinchados, pero no tanto como lo habían estado un par de días antes.

Se sentó a su lado y acarició su sedosa melena rubia. Bajó después por su brazo y siguió hasta tocarle el abultado vientre.

Kelly suspiró y, sin despertarse, se acercó más a él. Se moría de ganas de abrazarla y apartó la mano para no caer en la tentación.

Le habría encantado poder borrar los últimos seis meses y regresar al pasado, pero era imposible. Lo había traicionado y, lo más importante en esos momentos, era el hijo que esperaba. Aunque Kelly no lo hubiera admitido, estaba casi seguro de que él era el padre.

Le sacudió ligeramente el hombro para despertarla. Le encantó ver cómo se desperezaba poco a poco y sonreía.

–¿Llevas mucho tiempo aquí? –preguntó Kelly medio dormida.

–No, sólo unos minutos. ¿Tienes hambre?

Kelly asintió con la cabeza y se incorporó. Le dio la mano para ayudarla. Después, la acompañó de vuelta a la suite con el brazo rodeando sus hombros.

Mientras Kelly se duchaba y se cambiaba de ropa, llamó a Devon para contarle cómo iba la construcción. Fue un alivio que su amigo no le preguntara por ella.

Aunque sus amigos y su familia pensaban que se había vuelto loco, cada vez estaba más convencido de que estaba haciendo lo correcto. No había podido olvidarla durante esos meses y para él era muy importante tratar de averiguar por qué habían terminado tan mal las cosas entre los dos. Aunque no pudieran volver a estar juntos, necesitaba saberlo para poder seguir adelante con su vida.

Cuando Kelly salió del dormitorio, se dio cuenta de que había más brillo y luz en sus ojos. No la había visto así desde que la encontrara en el restaurante de Houston. Se parecía más a la mujer con la que había compartido su vida durante unas cuantas e intensas semanas. Recordó lo enamorado que había estado de esa joven risueña y cariñosa.

Le pareció que estaba algo nerviosa, no se acostumbraba a estar a solas con él y le molestaba que hubiera esa barrera invisible entre los dos.

—¿Estás lista? —le preguntó él.

Kelly asintió con la cabeza.

Le colocó una mano en la espalda para acompañarla a la puerta y se estremeció al sentir su piel desnuda. Jansen había hecho muy bien su trabajo. Ese veraniego vestido resaltaba todas las maravillosas curvas de su cuerpo. Los tirantes del escote se ataban en la nuca y toda la espalda quedaba a la vista.

Le habría encantado acariciarla en el preciso lugar donde la estaba tocando en esos instantes. Quería hacerlo hasta que ella respondiera y comprobar así que, tal y como temía, la atracción no había desaparecido.

En el restaurante, los sentaron cerca de un gran ventanal con vistas a la playa. La observó mientras Kelly leía la carta y trataba de decidir lo que iba a pedir. Sintiendo que la miraba, levantó la vista y sonrió tímidamente. Él le devolvió el gesto.

No podía mirar esos ojos azules sin perderse en ellos. Era preciosa y le encantó ver que ya no lo miraba con odio.

–¡Ryan! ¿Qué estás haciendo aquí? –gritó alguien cerca de allí.

Hizo una mueca al oír esa voz. Se giró y vio que Roberta Maxwell se acercaba a su mesa. Maldijo entre dientes.

Se levantó y la saludó de mala gana.

–Estoy aquí por trabajo, lo que me sorprende es que tú estés aquí –repuso Ryan.

–Bueno, es uno de mis sitios favoritos –le dijo ella entre risas–. Me encantan la gastronomía y las playas de esta isla. ¿Por qué no me presentas a tu acompañante, Ryan?

Estaba seguro de que Roberta sabía muy bien quién era Kelly, tan seguro como estaba de que su presencia allí no era ninguna coincidencia. Imaginó que su madre era la culpable de esa situación. Le molestaba que tratara de inmiscuirse en su vida de esa manera y lamentó haberle contado dónde iba a estar esa semana. Había tenido la esperanza de que…

Eso ya no era importante. Roberta estaba allí e iba a tener que enfrentarse a esa situación.

–Roberta, te presento a Kelly Christian. Kelly, Roberta Maxwell es una amiga de la familia –anunció él.

La recién llegada sonrió con coquetería al oírlo y jugueteó con su camisa.

–Bueno, cariño. Algo más que una amiga, ¿no crees?

Vio que Kelly la miraba con suspicacia y decidió que no tenía por qué ser educado.

–Ahora, si me perdonas, esto era una comida privada…

–Bueno, pero tenemos que vernos mientras estés aquí. Podríamos cenar juntos. Fue una pena que no pudieras ir a casa de tu madre la última vez que cenamos allí juntas, ya sabes cuánto la aprecio –insistió Roberta.

Apartó disimuladamente la mano de esa mujer y dio dos pasos atrás.

–Me temo que voy a estar muy ocupado, a lo mejor podemos vernos cuando vuelva a Nueva York. Kelly y yo estaremos encantados de invitarte a cenar –le dijo él para que se diera por enterada.

Sus palabras no consiguieron que Roberta dejara de sonreír.

–Desde luego, cariño... No entiendo por qué has tenido que volver con la mujer que te fue infiel.

Kelly palideció al oír sus duras palabras.

–¡Ya es suficiente! Será mejor que te vayas. Saluda de mi parte a mi madre y dile que deje de meterse en mi vida. Y tú deberías hacer lo mismo.

Roberta hizo un mohín, pero no se marchó.

–Tampoco hacía falta que te pusieras así. Me imagino que tienes que tratarla con educación. Después de todo, no sabes si el niño del que está embarazada es tuyo.

Se dio media vuelta y se alejó antes de que pudiera decirle nada más. Estaba tan furioso que le entraron ganas de romper algo. Pero se sintió peor aún al volver a la mesa y ver que Kelly se había puesto en pie y apretaba enfadada los puños.

–Lo siento mucho –le dijo Ryan.

–Ya no tengo hambre –repuso Kelly.

–No hagas eso, tienes que comer. No dejes que esa mujer se salga con la suya.

Cada vez estaba más enfadada.

–Esa mujer sabe demasiado sobre nuestra situación, ¿no te parece?

Sin decir nada más, salió del restaurante. Fue directa a su suite y maldijo entre dientes cuando la llave electrónica se resistió a funcionar. Cuando lo consiguió, abrió la puerta con fuerza y cerró de un portazo. Echó el cerrojo y fue a su dormitorio.

No tardó en escuchar voces y golpes en la puerta. Ryan parecía furioso. Pero ella también estaba demasiado enfadada como para que eso le importara. Todo aquello no era más que una farsa y estaba cansada de aguantarla.

Había tenido que soportar que Ryan y su hermano la humillaran, pero no estaba dispuesta a tener que aguantar además los comentarios de mujeres como esa tal Roberta Maxwell.

Estaba tan furiosa que no se dio cuenta de que Ryan había entrado en la suite hasta que lo vio en su dormitorio.

–¿Qué es lo que te pasa, Kelly? Tú no eres así. No sé qué pretendías conseguir impidiéndome que entrara. No vas a lograr nada huyendo de los problemas.

–¿Por qué crees saber como soy? Si parece que nunca llegaste conocerme.

–Supongo que eso es verdad –repuso Ryan enfadado.

–Quiero irme de aquí en el primer vuelo que salga. Esto es una pérdida de tiempo. Nunca vamos a poder arreglar las cosas entre nosotros, Ryan.

–Pero hicimos un trato. Íbamos a pasar una semana aquí sin pensar en el pasado.

–¿Acaso no viste lo que acaba de ocurrir en el restaurante? –le preguntó ella con incredulidad–. ¿Cómo iba a saber esa mujer tanto de nosotros si no se lo hubieras contado tú mismo? ¿Cómo vamos a olvidar el pasado cuando esa mujer me lo acaba de echar en cara? No me gusta que se rían de mí.

–Nunca he hablado de ti con ella –le dijo Ryan con firmeza.

–Entonces, ¿por qué sabía tanto?

–No te estoy mintiendo. ¿Por qué te cuesta tanto confiar en mí? No fui yo quien te traicionó a ti.

Hizo una mueca al oírlo. Siempre volvían al mismo momento. Ryan estaba convencido de que ella lo había traicionado y se negaba a aceptar que pudiera haber otra explicación.

Estaba demasiado furiosa como para seguir hablando con él. Se dio media vuelta y apretó los puños.

De repente, Ryan la hizo girar sobre sus talones y la besó mientras le agarraba la cintura con las manos. Trató de apartarse de él, pero la asía con fuerza y no lo consiguió.

Pasados unos segundos, el beso se hizo más suave y tierno, no pudo evitar gemir. Ryan la acercó a la cama sin dejar de besarla y consiguió que se tumbara en el colchón.

–Durante un tiempo, Kelly, limítate a estar callada. No quiero palabras. Parece que no podemos tener una conversación normal sin hacernos daño. Así que, aunque solo sean unos minutos, quiero comunicarme contigo sin hablar –le dijo Ryan mirándola a los ojos.

No supo qué decir y se perdió en sus ojos. A pesar de los problemas que tenían y la falta de confianza, seguía deseándolo. Una voz en su interior le dijo que se dejara llevar y le recordó lo maravilloso que sería volver a hacer el amor con él. Pero, por otra parte, temía que Ryan no lo viera de la misma manera y pensara que seguía siendo una mujerzuela.

Ese pensamiento la devolvió a la realidad como un jarro de agua fría.

–No puedo hacerlo –le dijo ella mientras se incorporaba–. Sabiendo lo que piensas de mí, no puedo hacerlo –agregó mientras se cruzaba de brazos y apartaba la vista.

Después, se alejó un poco más de él y lo observó con suspicacia.

–No me mires así, como si estuviera a punto de atacarte –le aseguró Ryan.

Se dio media vuelta y salió del dormitorio.

Se sintió más sola que nunca. Fue al baño y se echó agua fría en la cara. Tenía un fuerte dolor en el pecho y ganas de llorar.

Estaba desesperada. No pensaba suplicarle que la creyera. Ya lo había hecho y no le había servido de nada.

Desolada, rompió llorar. Los tres últimos meses habían sido muy tristes, pero durante esos últimos días había sufrido mucho más. Era duro tener que estar con el hombre al que tanto había amado y ver en sus ojos lo que pensaba de ella.

Volvió llorando a la cama y se acurrucó bajo la colcha.

Unos minutos después, sintió que alguien se sentaba en la cama.

–Lo siento, Kelly –le dijo Ryan mientras le acariciaba la mejilla–. No llores. Por favor, no llores.

Con cuidado, la ayudó a incorporarse y la abrazó contra su torso.

–Perdóname. No era mi intención disgustarte ni hacer que te sintieras mal. Te lo juro –insistió él–. Roberta ha venido con la única intención de apartarme de ti.

Se quedó callada al oírlo.

–¿Estás preparado para admitir que tu madre me odia y estaría dispuesta a hacer cualquier cosa para librarse de mí? Si no le hablaste a Roberta de nosotros, ¿quién crees que lo hizo?

–Lo sé –reconoció Ryan–. Pero no va a conseguir nada. En cuanto vuelva a casa, hablaré con ella. Te lo prometo. No voy a dejar que te haga daño.

Kelly se relajó contra su torso. Deseaba creerlo más que nada en el mundo. Vio que empezaba a darse cuenta de cómo era su madre y se preguntó si estaría dispuesto a aceptar su versión de los hechos.

–Quédate conmigo, Kelly. Tenemos mucho de lo que hablar –le dijo Ryan mientras le limpiaba las lágrimas–. Y no podemos hacerlo si vuelves a Houston. Además, quiero cuidar de ti y de nuestro bebé.

Lo miró a los ojos. Parecía estar sufriendo tanto como ella. Estuvo a punto de abrir la boca para decirle que él no era el padre, pero no lo hizo.

–Por muchos problemas que tengamos, podemos solucionarlos.

–Yo no soy tan optimista –murmuró ella.

Ryan la besó entonces y lo hizo con tanta ternura que se le llenaron los ojos de lágrimas. Era increíble volver a estar entre sus brazos y olvidar durante unos minutos cuánto le había dolido su traición.

–Tenemos que hablar del bebé –le recordó Ryan.

Se quedó unos segundos callada.

–Si te digo que el bebé es tuyo, ¿me creerás?

Notó que Ryan se quedaba sin aliento. Tomó su cara entre las manos y la miró directamente a los ojos.

–Sí, te creeré, Kelly.

Se incorporó en la cama y respiró profundamente antes de decirle la verdad.

–Es tuyo –susurró entonces.

Ryan suspiró aliviado y la besó de manera apasionada y posesiva.

Le costó apartarse de él. El corazón le latía a mil por hora y no podía dejar de mirarlo.

–¿Me crees? Tengo que saberlo, Ryan.

–Te creo –repuso él con solemnidad mientras le acariciaba el vientre.

Le habría encantado preguntarle si también creía el resto de su historia, pero no podía hacerlo.

Al ver que se quedaba callada, Ryan la miró preocupado.

–Te creo, Kelly. De verdad. Jarrod me dijo que contigo usó protección. Estoy seguro de que no te acostaste con ningún otro hombre y que con mi hermano solo ocurrió una vez, ¿no es así?

Se quedó helada al oírlo. Había tanto dolor en su pecho que le costaba respirar. Angustiada, volvió a llorar.

–¿Qué es lo que te pasa? ¿Por qué lloras?

Se sentía tan apenada como furiosa.

–Si de verdad deseas arreglar las cosas, no vuelvas a pronunciar su nombre en mi presencia. Querías pasar conmigo una semana sin hablar del pasado. Es lo que dijiste. Si vuelves a hablar de él, me voy. ¿Está claro?

Le sorprendía que fuera tan vehemente. Abrió la boca como si estuviera a punto de protestar y ella se apartó de él para levantarse de la cama.

Pero Ryan la agarró antes de que pudiera hacerlo.

–De acuerdo, nada del pasado. No volveré a hablar de ello, lo prometo. Entonces, ¿vas a quedarte?

Ella cerró los ojos. Estaba demasiado cansada para seguir discutiendo. Le dolían todos los músculos del cuello y también la cabeza. Ryan lo notó y comenzó a darle un suave masaje.

–Aún me importas, Kelly.

Apoyó su frente contra la de Ryan.

–Tengo miedo –le confesó ella.

–Yo también.

Le sorprendió que lo admitiera y se separó de él para mirarlo a los ojos.

–No me mires así. No eres la única que ha sufrido. Acabo de decirte que no iba a hablar del pasado, pero no eres la única que sufrió con todo lo que ocurrió. Me importabas mucho, quería casarme contigo...

Ryan se detuvo y, algo nervioso, se pasó las manos por el pelo. Parecía muy cansado y algo demacrado.

–Aún quiero casarme contigo –le dijo entonces.

Capítulo Siete

Ryan lo admitió como si se le acabara de ocurrir, como si la idea de casarse con Kelly no le gustara, pero no pudiera hacer nada para evitarlo. Se quedó mirándola, parecía algo incómodo.

Ella estaba demasiado atónita para decirle nada.

Sabía que Ryan no la quería ni confiaba en ella. Pensaba que era una mujerzuela y parecía estar dispuesto a creer que ese niño era suyo, pero sólo porque su hermano le había asegurado que había usado un preservativo.

Y aun así, quería casarse con ella.

Sin poder evitarlo, se echó a reír con ganas.

–No era esa la reacción que esperaba –le dijo Ryan.

–¿Acaso eran tus palabras una proposición de matrimonio? –replicó ella.

–No. Sí. No lo sé… –balbuceó él–. Me gustaría poder llegar a esa situación, pero sé que aún tenemos un largo camino por delante. Sólo quiero que me digas que aún te importo lo suficiente como para quedarte aquí y luchar para tratar de arreglar las cosas. Iremos despacio, poco a poco. No permitiré que vuelva a pasar algo como lo que ha ocurrido en el restaurante.

–¿Y cómo vas a conseguirlo? –le preguntó ella–.

¿Cómo vas a lograr que me acepten tu familia y tus amigos? Siempre me decías que eran imaginaciones mías, pero sabes que no es así. Tu madre no me soportaba y tus amigos no sabían qué habías visto en mí. Y es obvio que tu hermano pensó que era además una mujer infiel. Una opinión que también aceptaste tú.

Ryan se puso de repente en pie y la miró enfadado.

–Dijiste que no querías hablar del pasado. O lo hacemos o no, pero si yo no puedo, tú tampoco –le dijo él–. Limítate a contestarme Kelly. ¿Vas a quedarte? ¿Estás dispuesta a intentarlo y ver si podemos volver a ser felices juntos?

La miraba con impaciencia, esperando una respuesta, pero no era tan fácil. Tenía que pensarlo.

Le costaba imaginarse de nuevo con él. No quería verse en una situación en la que la palabra de los demás importara más que la de ella. Sabía que no era buena idea, pero algo en su interior se removió al pensar en la posibilidad de volver a estar con Ryan.

Se decía a sí misma que sólo estaría con él hasta que naciera el bebé. Para poder descansar todo lo que necesitaba, tener un techo sobre la cabeza y comida en el plato. Pero también sabía que no iba a poder seguir a su lado sin que su corazón se viera involucrado.

Tenía que decidir si estaba dispuesta a perdonar y olvidar para poder estar con él o si le convenía más romper todo contacto con él para tratar de seguir adelante con su vida.

Otra posibilidad era conformarse con algunos

momentos especiales con el hombre al que amaba y odiaba a partes iguales.

Vio que Ryan parecía desolado al ver que no le daba una respuesta. Recordó haber estado en esa posición, pidiéndole a alguien que la amara y confiara en ella.

Pero no era una persona vengativa.

–Me quedaré –le dijo entonces.

A Ryan se le iluminó la mirada al oírlo. La rodeó con los brazos y la besó con ternura los labios.

Había mucha emoción en ese beso y se dio cuenta de que él había temido de verdad que lo rechazara. Era como si la vida estuviera poniendo a cada uno en su sitio y se encargara de que Ryan sufriera tanto como había sufrido ella.

Pero eso no hizo que se sintiera mejor. No deseaba que nadie sintiera tanto dolor como ella había sentido seis meses antes.

–Pasa la tarde conmigo, Kelly. Tienes que comer. Pediré que nos traigan comida y podemos hacer un picnic en la playa mientras contemplamos el atardecer. Me encargué de que Jansen te comprara un bañador por si te apetecía meterte en el agua.

Colocó su mano sobre la de Ryan.

–Me encantaría –le dijo ella.

Ryan y Kelly fueron hasta la misma sombrilla bajo la que había estado ella esa misma mañana. Él se aseguró de que estaba cómoda. Después, sacó la comida que el restaurante había preparado y metido en una cesta para ellos dos.

Se sentó a su lado y comenzaron a comer. Kelly

no se dio cuenta hasta ese momento del hambre que tenía.

Comieron en silencio unos minutos, mientras contemplaban cómo el cielo iba tiñéndose de cálidos colores y el sol iba bajando hacia el horizonte. Cerró los ojos un instante y dejó que la brisa le fuera aplacando los nervios.

Había sufrido mucho durante esos últimos meses y estaba cansada. Deseaba poder llevar una vida tranquila, sin estrés, aunque sólo fuera durante unos días. Quería olvidarse de las noches que había pasado en vela, llorando y dando vueltas en la cabeza a todo lo que había ocurrido.

Deseaba vivir en el presente y fingir que todo seguía igual. Ese viaje podía haber sido su luna de miel.

—¿En qué estas pensando? —le preguntó Ryan.

—En este paraíso y en lo fácil que resulta fingir que todo está bien —repuso ella mientras lo miraba a los ojos.

—Podríamos fingir, pero no tenemos por qué hacerlo.

—¿Cómo te ha ido esta mañana? ¿Has podido solucionar los problemas que había? —le preguntó ella para cambiar de tema.

—Sí, solo se trataba de un malentendido. Entre hoy y mañana, podemos arreglarlo. Tengo una reunión con los constructores locales y con el capataz al que contratamos para que supervisara el proyecto —le dijo Ryan—. Si todo va bien, no tendré que hacer nada más y podremos disfrutar de unos días de descanso.

–¿Cuándo tienes que volver a Nueva York? –le preguntó ella con el corazón en un puño.

Sabía que esa fantasía desaparecería en cuanto volvieran a la realidad.

–Aún no lo sé, pero no tengo prisa –repuso Ryan mientras lo observaba–. Ahora mismo prefiero concentrarme en los días que vamos a pasar juntos.

Asintió con la cabeza al oírlo.

–¿Dormirás conmigo esta noche, Kelly?

Se quedó boquiabierta.

–No me mires así, no me refería a eso –se disculpó Ryan–. Me gustaría que durmiéramos juntos. Dormir, nada más. En la misma cama. Me encantaría dormir abrazado a ti.

La idea de dormir entre sus brazos le atraía más de lo que estaba preparada para admitir. Lo necesitaba.

Respiró profundamente y asintió con la cabeza.

Ryan le tomó la mano y la apretó con fuerza. Siguieron así hasta que salieron un par de empleados del hotel para encender antorchas en la playa. Ya era noche cerrada.

Algunos minutos después, comenzaron a escuchar la música que llegaba desde el hotel.

Kelly apoyó la cabeza en el hombro de Ryan, cerró los ojos y se concentró en la melodía de esa música mezclada con el relajante sonido de las olas.

Ryan le dio un beso en la mejilla y abrió los ojos. Miró hacia el cielo y vio una estrella fugaz.

–Pide un deseo –le susurró ella.

–El mío ya se ha cumplido –repuso Ryan–. Pídelo tú.

Cerró los ojos de nuevo y lo hizo, pero no pudo evitar sentir un gran pesar en su corazón. Sabía que algunos sueños no llegaban a cumplirse nunca.

Ryan se puso de pie y tiró de ella para que se levantara. Pensó que quería volver al hotel, pero la llevó hasta el borde del mar. La luna se reflejaba en el agua y el cielo se había llenado de estrellas. Era un momento mágico.

Sin decir nada, Ryan la abrazó y comenzaron a bailar al ritmo de la lejana música que sonaba en el hotel. Estuvieron así un buen rato, con sus cuerpos cada vez más cerca. Recordó en ese instante lo bien que encajaban, como un sólo ser.

Algún tiempo después, dejaron de bailar. Ryan le acarició el pelo y le dio un cariñoso beso en la frente. Lo miró a los ojos, estaban llenos de necesidad y deseo, pero también de esperanza. Se quedó sin aliento al ver que se acercaba lentamente y se le hicieron eternos los pocos segundos que tardó en besarla. Fue el beso más romántico y dulce que le habían dado en su vida. Pensó que le decía mucho más de lo que aquel hombre podría haberle expresado con palabras. Tuvo claro que aún le importaba y también que la deseaba.

Cuando por fin dejó de besarla, la abrazó con fuerza y la sostuvo así durante mucho tiempo.

Capítulo Ocho

Kelly se puso el camisón y se miró de arriba abajo. La prenda, de satén y encaje, era muy bonita, pero se sentía vulnerable y casi desnuda. Sus pechos habían crecido mucho desde que se quedara embarazada y su vientre le impedía llegar a verse los pies.

Suspiró y se quedó mirando la puerta. Ryan la esperaba en su habitación, pero le costaba dar ese paso. Confiaba en él, pero no podía decir lo mismo de ella.

Se sentó en la cama. Tenía muchas dudas y se dio cuenta de cuánto habían cambiado las cosas entre los dos. Siempre había sido desinhibida con Ryan. Recordó la infinidad de veces que había sido ella la que había iniciado un encuentro sexual. Ryan solía trabajar con el ordenador portátil en la cama y ella lo incitaba y tentaba hasta que conseguía acaparar toda su atención y que se olvidara del trabajo.

Pero habían pasado muchas cosas desde entonces y ni siquiera se atrevía a ir a su dormitorio.

Ryan llamó a la puerta y la abrió unos centímetros.

—¿Todo bien?

Asintió con la cabeza y él se le acercó y se sentó a su lado en la cama. No dijo nada. Se limitó a colocar la mano sobre su regazo y a esperar a que ella la tomara. Después de unos segundos, lo hizo. Ryan se puso entonces de pie y tiró suavemente de ella.

—Los dos estamos cansados. Será mejor que nos acostemos ya. Nos preocuparemos del mañana cuando llegue.

Ese Ryan parecía distinto al que había conocido. Antes, solía planearlo todo. Tenía listas, agendas llenas y calendarios con anotaciones por todas partes.

La llevó de la mano hasta su dormitorio y la dejó en la cama. Después, se apartó un poco, como si pudiera intuir que ella necesitaba algo de espacio. Suspirando, se metió entre las sábanas y se colocó de lado y de espaldas a él.

Sintió que se hundía un poco el colchón cuando Ryan se metió en la cama. Pocos segundos después, estaba abrazándola. Rodeó su cintura con un brazo y la atrajo más hacia su cuerpo.

Le entraron ganas de llorar al verse así. Lo había echado mucho de menos.

—No existe el pasado —le susurró Ryan al oído—. Sólo nosotros y el presente.

Suspiró al oírlo. Se dio cuenta de que había sido estúpido tratar de fingir que ese pasado no existía cuando los dos lo podían sentir, era un muro que los separaba y del que no conseguían librarse.

Ryan la besó en el cuello y se acercó un poco más a ella. Después, bajó la mano hasta su vientre. Era un gesto dulce y amargo al mismo tiempo. No podía olvidar lo que había ocurrido y lamentaba que no hubieran podido estar así desde el principio.

–Relájate y duerme, Kelly. Sólo quiero abrazarte.

Y se dio cuenta de que eso era lo que quería ella también.

Cuando Kelly abrió los ojos, pensó que estaba muy cómoda y muy a gusto. Tardó unos segundos en darse cuenta de que estaba encima de Ryan.

Tenía la mejilla apoyada en su hombro y una pierna encima de él. Recordó que así era como solía despertarse cada mañana cuando vivían juntos. Le avergonzó verse así y trató de apartarse, pero Ryan no se lo permitió.

–No te muevas. Me gusta tenerte así –le dijo ella.

Kelly levantó la cabeza para mirarlo. Imaginó que ya llevaba despierto algún tiempo.

–Hay una cosa que no ha cambiado, sigues estando preciosa cuando te despiertas por la mañana –le susurró Ryan.

Le pareció que hablaba con sinceridad y, sin pensar en lo que estaba haciendo, le dio un beso. Al principio, Ryan mostró cierta sorpresa, pero pareció gustarle que tomara la iniciativa. No se movió mientras ella le besaba la boca.

Poco a poco, fueron separando los labios y el beso se hizo más íntimo y apasionado, entrelazando las lenguas y dejándose llevar por el momento.

Ryan la abrazó con fuerza y sintió que le costaba respirar.

Antes de que se diera cuenta de lo que había pasado, él la había hecho girar y estaba tumbada boca arriba en el colchón. Ryan había colocado la rodilla entre sus piernas mientras devoraba su boca. Había tanta pasión y tanta necesidad que se quedó sin aliento. Los besos eran tiernos y, al minuto siguiente, ardientes y apasionados.

Con una mano, Ryan le desabrochó los dos botones del escote. La tela del camisón se abrió, dejando sus pechos al descubierto. Le faltó tiempo para acariciarlos y cubrir uno de los pezones con la boca.

Se estremeció al sentirlo y comenzó a retorcerse de placer. Llevó las manos a la cabeza de Ryan y le agarró el pelo para que no se moviera de allí, para que siguiera haciéndole lo que le estaba haciendo. Después de deliciosos segundos de placer, Ryan dejó de jugar con sus pezones para mirarla a los ojos y lo que vio en su mirada la dejó sin aliento.

–Quiero hacerte el amor, Kelly. No sabes cuánto te necesito, pero no es mi intención empeorar las cosas entre nosotros. Tienes que desearlo tanto como yo –le dijo él.

–Lo deseo más aún –le confesó ella.

Y era verdad.

Pudo ver en sus ojos cuánto le gustaba oírlo y la besó apasionadamente.

Después, dejó de besarla y se separó de ella, abrazándola con ternura, como si fuera una valiosa pieza de cristal que temiera romper. La miró de arriba abajo, casi como si la viera por primera vez. Después, abrió poco a poco su camisón y fue bajándolo hasta dejarlo a la altura de su abultado vientre. Le ayudó a levantar las caderas y terminó de quitárselo.

Se sentía muy vulnerable sólo con la ropa interior. Ryan le acarició la barriga.

–Nuestro bebé –susurró emocionado.

Se agachó y le besó el vientre con ternura. Se le llenaron los ojos de lágrimas al verlo, tenía un nudo en la garganta.

–Es preciosa –murmuró Ryan–. Siento no haberla visto crecer y ver cómo iba cambiando tu cuerpo. No sabes lo sexy que eres.

–¿Tú también crees que es una niña?

–Creo que sí, no sé por qué. La verdad es que no me importa. Sólo quiero que estéis los dos bien.

Ryan bajó la mano por su vientre hasta deslizarla entre sus piernas. Se sobresaltó al sentir sus íntimas caricias y no tardó en comenzar a gemir poco después.

–Me encanta verte así, siempre me ha gustado… –susurró Ryan.

No podía dejar de retorcerse mientras él seguía acariciándola. Estaba a punto de alcanzar el clímax.

Sentía mucha impaciencia, deseaba sentirlo en su interior, pero tampoco quería detener esa dulce tortura.

–Separa las piernas –murmuró Ryan.

Hizo lo que le pedía. Vio que él la miraba con ardiente deseo y después bajaba por su cuerpo y volvía a acariciar su parte más íntima. Fue separando con delicadeza los pliegues de su piel y se quedó sin aliento al ver que comenzaba a recorrer cada centímetro de su sexo con la lengua. Se estremeció con fuerza al sentirlo en su clítoris, excitándola con leves caricias que le hicieron ansiar muchas más. Cerró los ojos y agarró con fuerza la sábana. Era un cúmulo exquisito de sensaciones. No había nada igual, era indescriptible, intenso, maravilloso.

Apenas podía soportarlo. Era una oleada de placer detrás de otra, no podía dejar de gemir ni gritar, le faltaba el aire. Levantaba las caderas al ritmo que Ryan marcaba con sus dientes y su lengua.

Fue increíble.

Cuando por fin recuperó el aliento y el sentido común, levantó la cabeza y vio que Ryan la miraba con satisfacción. Se estremeció al verlo así, sintió que era suya y él lo sabía.

Se incorporó y, sin dejar de mirarla, se deslizó en su interior y consiguió llevarla de nuevo al orgasmo.

Ryan comenzó a moverse sobre ella y notó que también él estaba a punto de alcanzar el clímax.

–No puedo más, cariño. Lo siento –gimió él–. Es demasiado increíble y ha pasado tanto tiempo desde la última vez…

Lo abrazó con fuerza, pero Ryan seguía apoyándose con las manos en el colchón, como si temiera hacerle daño a ella o al bebé.

La besó de nuevo, apasionadamente, casi con desesperación y se estremeció de placer entre sus brazos.

El sexo siempre había sido maravilloso con Ryan, pero no solía perder el control con tanta facilidad.

Cuando terminaron, se quedaron como estaban durante unos deliciosos minutos, tratando de recuperar la respiración. Le encantaba estar tan cerca de él. Giraron hasta quedar los dos de costado en la cama, con las piernas y los brazos enredados y su miembro aún dentro de ella.

Respiró profundamente, disfrutando del aroma de Ryan. Le habría resultado muy fácil olvidar que habían estado separados durante seis meses y no pensar en cuánto había sufrido y lo sola que se había sentido. Era fácil imaginar que habían seguido juntos y que estaban en casa, juntos en la cama.

Y, aunque sólo fuera durante unos minutos, decidió dejarse llevar por esa fantasía.

Capítulo Nueve

Ryan no se movió, siguió abrazando a Kelly mientras trataba de analizar lo que acababa de ocurrir. Aparentemente, no era más que un apasionado encuentro sexual. De hecho, uno de los mejores que había tenido en su vida.

Pero sabía que significaba mucho más. No había sido sólo sexo. De haberlo sido, su corazón no se sentiría como en ese momento, lleno de emociones y de esperanza.

Siempre habían funcionado muy bien en ese terreno, pero lo que acababa de ocurrir había sido mucho más intenso, mucho más importante.

Le acarició suavemente la espalda a Kelly y le dio un tierno beso en la cabeza. Después, se separó de ella lo suficiente para poder mirarla a los ojos. Vio mucho dolor en ellos y fue cómo sentir una bofetada. Parecía frágil y asustada.

Se preguntó si estaría así por su culpa o por lo que acababa de pasar. Esperaba que no se arrepintiera de lo que había ocurrido.

—¿En qué estas pensando? Dime que no lo lamentas, Kelly. Eso no lo soportaría —susurro él con la voz cargada de emoción.

Ella negó con la cabeza y suspiró aliviado.

Le acarició la mejilla. La deseaba y quería volver con ella. Ya no le importaba lo que le había hecho. Después de romper con Kelly, había tenido varios meses para analizar su relación y se había dado cuenta de que también él había tenido parte de culpa. Creía que había trabajado demasiado y no se había ocupado de ella como se merecía.

Por un motivo u otro, las cosas se habían torcido y estaba decidido a descubrir las causas para no volver a caer en los mismos errores.

Sin poder resistirlo, le besó la frente y después los párpados. Plantó otro beso más en la mejilla y uno en la boca. Sintió que volvía a excitarse.

–¿Estás cómoda de lado? –le preguntó él–. ¿O preferirías estar encima?

Sin esperar a que respondiera, la tomó entre sus brazos y la hizo girar hasta tenerla sentada a horcajadas sobre él.

Era increíble volver a estar así con ella. Cerró los ojos para tratar de calmarse y respiró profundamente. No había podido evitar perder el control la primera vez y esperaba poder durar más y alargar así el placer para los dos.

Kelly apretó los muslos contra sus caderas y se levantó ligeramente antes de volver a sentarse. Comenzó a acariciarle las caderas. El embarazo había engordado sus pechos, los pezones eran más oscuros y grandes. Se le hizo la boca agua al verlos así, estaba deseando saborearlos de nuevo. Jugó con ellos entre los dedos hasta que Kelly se quedó sin respiración, sintió como los músculos de su sexo se contraían y tuvo que detenerse durante unos segundos para no terminar antes de tiempo.

–Me encanta tu cuerpo. Estás preciosa embarazada, Kelly. No puedo dejar de tocarte, me vuelves loco.

Le regaló entonces una sonrisa que consiguió llegarle al alma.

Kelly tomó sus manos y se apoyó en ellas para levantar levemente las caderas, como había hecho unos minutos antes. Cada vez le costaba más no dejarse llevar.

–Me vuelves loco –murmuró de nuevo.

Ella volvió a sonreír. Sin soltarle las manos, comenzó a moverse lentamente, siguiendo el ritmo que marcaba su propio placer.

Se miraron a los ojos y mantuvieron ese contacto visual durante todo el tiempo, hasta que no pudo aguantar más.

Kelly comenzó a jadear, parecía estar a punto de llegar al clímax. Él también estaba cerca, pero esperó a que llegara ella antes. Cuando lo sintió, la abrazó con fuerza y tomó entonces las riendas de los movimientos. La acarició y la besó mientras le decía lo bella que era. No tardó en alcanzar el orgasmo, fue un momento increíble.

Ella se dejó caer sobre su torso y lo besó en el cuello.

Se dio cuenta de que no podía vivir sin ella, tenía que asegurarse de que no volviera a dejarlo. Sentía que Kelly le pertenecía, era su hijo el que crecía en su vientre y vio con claridad lo que tenía que hacer. Ella lo necesitaba y él estaba deseando cuidar de ella.

Estaba dispuesto a olvidar el pasado y esperaba que ella quisiera retomar la relación. Después de todo, no era él quien la había traicionado.

–¿Te apetece desayunar en la cama? –le preguntó él entonces.

–Me encantaría. Además, creo que no podría moverme aunque quisiera –confesó Kelly.

Sonrió al oírlo. Nada le apetecía más que quedarse en la cama con ella. De hecho, esperaba poder convencerla para pasar así todo el día.

–Voy a pedir que nos suban algo para comer –le dijo él–. Ahora vuelvo –agregó mientras le daba un beso en la nariz.

Se separó de ella y se sentó en la cama. La miró por encima del hombro y vio que le había robado la almohada. No pudo evitar echarse a reír. Era algo que siempre había hecho.

–No te la voy a devolver –murmuró ella.

–No te preocupes, no hay nada tan importante para mí como el confort de mi chica –repuso él.

Kelly levantó las cejas al oírlo y se quedó mirándolo.

–¿Lo soy? –le preguntó entonces ella.

–¿El qué?

–Tu chica –repitió Kelly–. Necesito saber qué significa lo que ha pasado. ¿Volvemos a estar juntos? No sé muy bien qué es esto y no pienso dar nada por sentado.

Respiró profundamente al oírlo. Era un tema delicado. No quería echar a perder todo lo que habían conseguido durante las últimas horas.

–Eso depende de ti –dijo él–. Creo que yo te he dejado muy claro lo que quiero y hacia dónde me gustaría que fuera la relación. Eres tú la que tiene que decidir lo que quieres.

–Mi cabeza me dice que sería una idiota si aceptara tu proposición –murmuró Kelly.

–¿Y qué te dice el corazón?

Kelly suspiró.

–Mi corazón me dice que esto es lo que quiero. ¿Y qué te dicen tus sentimientos, Ryan? ¿De verdad quieres esto?

–Sí, Kelly, lo quiero. Lo deseo tanto que la idea de que te vayas de mi lado me rompe el corazón.

–Pero yo nunca me fui de tu lado –le dijo Kelly.

–No hablemos de eso, ¿de acuerdo? Pasara lo que pasara entonces, el hecho es que no quiero que te vayas ahora. No podría soportarlo.

–De acuerdo –susurró ella.

Lo dijo tan bajito que apenas lo entendió.

–¿De acuerdo?

–Quiero quedarme. No sé qué va a pasar, pero quiero intentarlo.

Sintió un alivio tan grande al oír sus palabras que se quedó sin aliento. Le entraron ganas de abrazarla con fuerza y no soltarla jamás, pero se controló. No quería asustarla.

–Vamos a hacer mucho más que intentarlo –le prometió él–. Vamos a conseguirlo, Kelly. Esta vez, lo lograremos.

Capítulo Diez

—Parece que no se da por vencida, ¿verdad? —murmuró Kelly al ver que Roberta se acercaba.

Ryan levantó la vista y suspiró. No parecía gustarle nada la interrupción. Después de pasar toda la mañana y parte de la tarde en la cama, habían decidido salir a cenar. Y, nada más sentarse a la mesa, vieron que se les acercaba Roberta, que parecía haber estado vigilándolos como un halcón.

No estaba celosa. Creía que Roberta no era el tipo de mujer que le podía gustar a Ryan. Lo que más le molestaba era ver que había otras personas que sabían demasiados detalles sobre su relación. Siempre había sabido que ella no les gustaba a los amigos ni a la familia de Ryan.

Le había dado la impresión de que él empezaba a entenderlo, pero sabía que siempre iban a tener esa presión en su relación.

Roberta se detuvo frente a la mesa y se agachó para darle un beso en la mejilla a Ryan, dejándole una marca de carmín.

Kelly suspiró con resignación. Sabía que tendría que soportar otra desagradable escena.

Ella estaba molesta, pero vio que Ryan parecía furioso.

–Roberta, ¿qué demonios…?

–No te enfades. Sólo venía a despedirme. Mi vuelo sale mañana por la mañana y quería hablar contigo para ver cuándo podíamos vernos en Nueva York. Tu madre está deseando que vayamos a cenar a su casa –repuso Roberta mientras miraba a Kelly con cierto desdén.

Sabía que estaba tratando de provocarla, pero Kelly aprovechó la ocasión para bostezar y mirar a la recién llegada como si su presencia la aburriera.

–¿Qué te parece este fin de semana? –le preguntó Roberta–. Estoy segura de que a Kelly no le importará. Después de todo, tú y yo somos viejos amigos.

–Pero me importa a mí –repuso Ryan–. Si no tienes nada más que decirme, preferiríamos que nos dejaras solos, por favor.

–Ya te llamaré –murmuró Roberta.

Cuando se quedaron solos, Ryan la miró con frustración.

–Lo siento muchísimo, Kelly. Quiero que sepas que no he hecho nada para alentarla.

Sonrió al oírlo y le ofreció su servilleta para que se limpiara el carmín.

–Ya me lo imaginaba. Ya fuiste bastante claro con ella ayer, no sé por qué ha vuelto a insistir. Me pregunto qué le habrá prometido tu madre.

–No dejemos que eche a perder lo que ha sido hasta ahora un día increíble –le dijo él.

–¿Dices eso por el sexo? Veo que es lo único que necesitáis los hombres para pensar que un día ha sido increíble –bromeó ella.

–Bueno, es verdad. Pero es que contigo no ha sido sólo sexo, sino mucho más, Kelly.

Se sonrojó al oírlo. Parecía hablar con sinceridad. Estaba consiguiendo que comenzara a soñar con cosas que le habían parecido imposibles hasta ese momento, como que pudieran volver a retomar su relación.

–¿Qué quieres hacer después de cenar? –le preguntó ella.

–¿Qué te parece si damos otro paseo por la playa? A lo mejor podríamos ir al chiringuito que el hotel tiene en la playa y bailar un rato. Mañana podríamos aprovechar para ir a algún otro sitio si no estás demasiado cansada. He alquilado un coche descapotable para que podamos trasladarnos con comodidad.

–Me parece un plan increíble y muy divertido.

Se dio cuenta de que había pasado demasiados meses sin hacer nada divertido, le encantaba estar allí con él y poder disfrutar sin preocupaciones. No pudo evitar sonreír al pensar en ello.

–Me encanta verte sonreír otra vez –susurró Ryan–. Estás preciosa cuando sonríes. Quiero que seas feliz, Kelly. Haré todo lo necesario para que lo seas.

Con esas palabras, sintió que se iba desvaneciendo parte del dolor y la ira que habían atenazado su corazón durante meses.

–Quiero que esto funcione –le confesó ella entonces.

–¿Por qué no cobraste el cheque que te di, Kelly? Lo hice para que pudieras tener una seguridad económica durante algún tiempo. ¿Sabes lo que sentí al verte trabajando en ese restaurante y viviendo en un pequeño y viejo apartamento? Ni siquiera tenías comida allí.

—Solía comer en el trabajo —le explicó ella.

—¿Crees que eso hace que me sienta mejor? ¿Por qué no usaste el dinero que te di? Podrías haber terminado tus estudios en la universidad. No tendrías por qué haberte puesto trabajar, al menos durante algún tiempo.

—Tengo orgullo, Ryan. Supongo que, si no hubiera conseguido ese trabajo, y lo hubiera necesitado para comer, habría terminado por hacer efectivo un cheque que me hacía sentir muy poca cosa.

—¿Tanto me odiabas? —quiso saber Ryan—. ¿Preferías trabajar y vivir en condiciones tan pésimas antes que aceptar algo mío?

—No me hagas preguntas si no estás preparado para oír las respuestas.

—Creo que ya me has contestado —repuso Ryan cerrando los ojos.

—Tú también me odiabas —le dijo ella.

Ryan negó con la cabeza.

—¿Como que no? Me insultaste e hiciste cosas horribles, como tirarme ese cheque a la cara. Lo hiciste con tanto desprecio que aún recuerdo cómo me hiciste sentir.

—¿Qué esperabas? Por el amor de Dios, Kelly, acababa de saber que te habías acostado con mi hermano. ¡Llevabas en el dedo la sortija con la que nos habíamos prometido, ya estábamos organizando la boda y te acostaste con mi hermano!

–Y por supuesto, él no tiene la culpa de nada –repuso enfadada–. Dime, Ryan, ¿cuánto tardaste en perdonarlo? ¿Cuánto tiempo pasó antes de que volviera a entrar y salir de tu casa y os juntarais todas las semanas para ir a cenar a casa de tu madre?

Ryan parecía furioso.

–Pasó algún tiempo. Estaba muy enfadado con él y contigo. Pero al final, tuve que decidir si estaba dispuesto a dejar que aquello echase a perder nuestra relación. Jarrod es mi hermano.

Kelly se incorporó en el sofá, olvidando que habían prometido no hablar del pasado.

–Y yo era la mujer con la que querías casarte, Ryan. ¿No me merecía al menos la misma consideración?

–Estaba enfadado y creo que tenía derecho a estarlo. No me voy a disculpar por ello, pero ahora quiero que lo intentemos de nuevo. Los dos cometimos errores.

Tuvo que respirar profundamente para tratar de tranquilizarse. Le costaba hablar del pasado sin que volviera a sentir la misma rabia y el mismo dolor de siempre.

Capítulo Once

Kelly no tenía palabras para definir el miedo que le daba meterse en el avión de vuelta a Nueva York. Los dos últimos días habían sido perfectos y, si aquello había sido sólo un sueño, no quería despertar.

–Todo va a ir bien –le dijo él como si hubiera podido percibir lo nerviosa que estaba–. Confía en mí.

Le habría encantado que fuera tan sencillo. Trató de relajarse y se preparó para el largo vuelo.

Fue Ryan entonces el que pareció ponerse más y más nervioso según se acercaban a Nueva York.

No habían hablado de cómo iba a ser su vida en Nueva York, ninguno de los dos había querido echar a perder los dulces momentos que habían tenido en la isla hablando de la dura vuelta a la realidad.

Un coche los esperaba en el aeropuerto para llevarlos de vuelta al piso de Ryan. Estaba nevando. Ryan la rodeó con su brazo y le dio un beso en la sien.

–¿Sabes lo que me apetece hacer ahora? Voy a pedir que nos lleven la cena a casa, comeremos frente a la chimenea y después, haremos el amor hasta que amanezca.

Suspiró al oírlo y se relajó contra su torso. Ryan había intuido a la perfección lo que necesitaba escuchar en ese momento para poder relajarse.

—Lo he pasado muy bien en la isla —le dijo ella.

—Me alegro. Yo también. Ha sido como en los viejos tiempos, ¿verdad? O puede que incluso mejor.

Kelly asintió con la cabeza. Ella también tenía la sensación de que esa vez podía ser mejor, era una relación más honesta y real.

Habían pasado los últimos días riendo, hablando y haciendo el amor. Le habría encantado no haber tenido que volver a Nueva York.

—Le pedí a Jansen que llamara a la clínica. Tienes una cita con tu médico mañana.

Sonrió al ver lo preocupado que estaba.

—Después de los últimos días que he pasado contigo, creo que ya estoy mucho mejor.

Vio que a Ryan le gustaba oírlo y le dio un beso en los labios.

El coche se detuvo pocos segundos después, ya habían llegado al edificio de Ryan.

Él salió rápidamente y la ayudó, acompañándola hasta la puerta para que no se enfriara demasiado. Mientras subían en el ascensor, se le hizo un nudo en el estómago. No le gustaba nada estar allí, en su casa y en esa ciudad.

—El chófer no tardará en subir las maletas. ¿Por qué no te pones cómoda en el sofá? Mientras tanto, prepararé la chimenea. ¿Tienes hambre?

—No, ahora mismo no. Pero me encantaría que pidieras comida tailandesa para cenar.

—Eso está hecho —repuso Ryan—. Ahora, túmbate en el sofá y pon los pies en alto. Tienes los tobillos algo hinchados después del vuelo.

Era increíble tenerlo tan pendiente de ella, pero no se quejó y siguió sus consejos.

Ryan llegó poco después con un zumo. Estaba sentándose en el sofá cuando le sonó el teléfono móvil.

Vio que Ryan fruncía el ceño al ver quién llamaba.

–Hola, mamá –saludó al contestar.

–Sí, ya estamos de vuelta. Escucha, mamá. ¿Por qué le dijiste a Roberta que fuera? No me gusta que te metas en mi vida. Tienes que aceptar que Kelly está conmigo. Si no puedes hacerlo, vamos a tener serios problemas tú y yo.

Le pareció increíble que le hablara así y le gustó ver esa nueva faceta de Ryan.

–Ya veremos –continuó él poco después–. Por ahora, necesitamos pasar algún tiempo juntos sin interferencias de ningún tipo. Te llamaré cuando estemos listos para ir a cenar a tu casa.

Ella hizo una mueca al oírlo, pero era la madre de Ryan y tenía que soportar ciertas cosas. Después de todo, se trataba además de la abuela de su bebé.

–Yo también te quiero, mamá. Acabamos de llegar y los dos estamos cansados.

Ryan colgó y dejó el teléfono en el sofá.

–Mi madre se ha disculpado por la actitud de Roberta y también por la suya. Quiere que vayamos a cenar a su casa cuanto antes y le he dicho que lo haremos con estemos preparados –le explicó él.

Como no sabía qué decir, no dijo nada. Tomó el vaso del zumo y bebió.

Alguien llamó al timbre y Ryan se levantó del sofá.

–Debe de ser nuestro equipaje. Ahora vuelvo.

Le dio un beso en la frente y salió del salón.

Se tumbó de lado en el sofá y se quedó absorta mirando la maravillosa vista. Sequía nevando y no se cansaba de observar cómo caían los copos, era muy relajante. También era agradable tener la chimenea encendida, parecía un hogar de verdad.

Se tapó con la manta de sofá y no luchó contra el sueño cuando se le fueron cerrando los ojos. Sabía que Ryan la despertaría cuando fuera la hora de cenar.

Cuando Ryan volvió al salón, vio que Kelly se había quedado dormida. Tenía un aspecto muy inocente, no era así como se imaginaba a una mujer capaz de enfrentar a un hermano contra otro.

Sabía que era mejor no pensar en esas cosas. Se habían prometido olvidar el pasado, pero no podía evitarlo.

Prefería no pensar en ello y concentrarse en esa segunda oportunidad. Pero, para lograrlo, tenía que descubrir qué era lo que había fallado en el pasado. Tarde o temprano, iban a tener que hablar de ello.

Tomó su teléfono móvil y, sin hacer ruido, se fue a otra habitación para llamar a Devon y a Cameron.

Capítulo Doce

Al día siguiente, Ryan llevó a Kelly al médico.

Al médico no le gustó nada ver lo hinchados que tenía los tobillos. Y aún había proteínas en su orina. Le hizo muchas preguntas y le volvió a advertir que debía hacer reposo.

Ryan escuchaba atento cada palabra del médico. Temió que la encerrara en su dormitorio en cuanto llegara a casa y no la dejara salir hasta que naciera el bebé.

De vuelta al piso, no esperó a que él se lo dijera y se tumbó en el sofá con los pies en alto.

–Supongo que no hace falta que estés todo el tiempo tumbada. Siempre y cuando tengas cuidado y no hagas más de la cuenta –le dijo Ryan.

Le gustó ver que se mostraba razonable.

–Pensé que a lo mejor podíamos salir a cenar fuera esta noche si te apetece. Le encargué a Jansen que te comprara ropa de invierno y un abrigo. Al menos hasta que estés mejor y puedas salir tú misma de compras –le dijo Ryan–. Y vamos a tener que comprar cosas para el bebé muy pronto –le recordó.

Le sorprendió el comentario, pero se dio cuenta de que tenía razón. Sólo quedaban unas semanas para que naciera el bebé y ella no había comprado nada.

–No hay prisa, no te preocupes. Pediré que me consigan algunas revistas y libros sobre bebés para que puedas ir leyéndolos. Podemos preparar una lista. Será divertido, ya verás.

–Rafael me llamó hoy –le dijo Ryan a Kelly mientras cenaban.

–¿Cómo ésta? Aún no me termino de creer que sufriera un accidente con la avioneta, perdiera temporalmente la memoria y que después se fuera a enamorar de la mujer a la que pensaba arrebatar sus tierras para construir el hotel.

Ryan hizo una mueca al oírlo.

–Haces que suene tan…

–¿Terrible? Sé que es tu amigo, pero siempre me ha parecido arrogante y poco respetuoso, sobre todo con las mujeres. Y sé que nunca le he gustado –le dijo ella con sinceridad.

–Ha cambiado. Sé que parece increíble, pero ese accidente trastocó por completo su vida. El caso es que Bryony y él han vuelto de su luna de miel y vendrán a Nueva York dentro de unos días. Tienen que hablar con una agencia inmobiliaria para poner a la venta su piso de soltero.

–¿Van a mudarse?

Le extrañó. A Rafael le gustaba mucho la ciudad y no se lo imaginaba en ningún otro sitio.

–Sí, van a vivir en isla Moon.

–Entonces, sí que debe de estar enamorado –repuso ella sorprendida.

–Es increíble lo que un hombre enamorado puede hacer por la mujer a la que ama. Quiere que hagamos algo juntos.

–¿A quiénes te refieres? –le preguntó ella con cierta suspicacia.

–A Devon, Cameron, Rafael, Bryony, tú y yo. He pensado que no estaría mal invitar también a mi madre. Sé que el primer encuentro con ella será el más duro y creo que nos resultará más fácil si hay otras personas presentes.

–¿Y Jarrod? –le preguntó entonces.

–No voy a invitarlo. Nunca te haría eso, Kelly –repuso Ryan.

–¿Cuándo sería la cena?

–La semana que viene. Van a estar bastante ocupados preparando el piso para venderlo. Podríamos ir a cenar a Tony´s. Ese sitio te gusta, ¿verdad? Prefiero hacerlo en un restaurante. Así tenemos más libertad para irnos cuando queramos si no te encuentras a gusto.

Suspiró algo angustiada. Vio que Ryan trataba de facilitarle las cosas. Sabía que quería mucho a sus amigos y también a su madre.

–De acuerdo –murmuró ella–. Podemos ir, por supuesto –agregó con una sonrisa algo forzada.

Ryan le tomo las manos entre las suyas.

–Esta vez, vamos a conseguirlo, Kelly.

–Me hace sentir mejor verte tan convencido –repuso ella.

–¿Acaso tienes dudas?

–Te mentiría si lo negara. Tengo miedo. Ni siquiera me atrevo a salir de tu piso –dijo con sinceridad–. No me gusta nada la persona en la que me he convertido, sé que soy una Kelly muy distinta a la que conociste hace unos meses. Ahora soy más precavida y me cuesta más confiar en la gente.

Ryan se quedó mirándola a los ojos.

–Cásate conmigo –le dijo de repente.

Soltó una de sus manos y vio que la metía en el bolsillo. Se quedó boquiabierta al ver que sacaba una cajita de terciopelo. Contenía un maravilloso anillo con un gran diamante.

Ryan lo sacó de la caja y se lo ofreció. Kelly lo miraba como si se hubiera vuelto loco.

–No sabía si preferirías que te ofreciera el anillo que me devolviste. Lo tengo guardado. Al final, decidí que nos merecemos empezar de cero y te he comprado este otro.

No podía dejar de temblar.

–Sé que no estoy siendo demasiado romántico y que nuestras circunstancias no son perfectas. Había decidido esperar algo más hasta que llegara el momento adecuado y hubiéramos solucionado nuestros problemas. Pero no he podido aguantarme. Cuando mis amigos y mi familia te vean de nuevo, quiero que sepan que estamos juntos, que eres la mujer con la que voy a casarme y que tienes todo mi apoyo.

Se le llenaron los ojos de lágrimas y tenía un nudo en la garganta.

–Pero Ryan… Hay tantas cosas que… Lo que ocurrió…

–Sí, lo sé –la interrumpió él–. Tenemos mucho

de lo que hablar, pero quería hacer esto antes para que supieras que, pase lo que pase cuando hablemos de ello, seguiré queriendo que te conviertas en mi esposa. Tienes que saber que es así.

Se limpió con la mano las lágrimas que le rodaban por las mejillas.

–En ese caso, sí. Me casaré contigo.

Tomó el anillo y se lo colocó con cuidado.

Después, le dio un beso en los labios y se levantó de la silla.

–Vámonos –le pidió Ryan–. Quiero volver a casa y poder estar a solas contigo. Estoy deseando abrazarte y tenerte sólo para mí –añadió con emoción.

Fueron directos al coche y allí pudieron besarse de nuevo.

Después de tanta soledad y tanto dolor, Kelly volvía a sentir por fin una cálida luz que la iluminaba por dentro.

Capítulo Trece

Kelly se despertó y vio que Ryan no estaba en la cama con ella. Miró el reloj y vio que eran ya más de las nueve. Imaginó que estaría trabajando.

Había sido muy fácil acostumbrarse de nuevo a esa casa y a estar con él. Cuando empezaron a salir unos meses antes, confiaban plenamente el uno en el otro. Pero todo había cambiado, le costaba más fiarse de la gente y también había aprendido que todo podía cambiar muy rápidamente.

Seguía sin entender por qué Ryan no la había creído. Cuando pensaba en ello, llegaba a la conclusión de que no la había querido tanto como ella a él o que no confiaba en su palabra.

Fuera cual fuera la razón, cuando las cosas se pusieron difíciles, su relación se resquebrajó como el cristal.

Y eso le hacía temer por su futuro juntos. Pero prefería no pensar en ello. A lo mejor estaba siendo una estúpida al confiar tanto en Ryan, pero había nacido una esperanza nueva en su interior y se aferraba a ella. Una esperanza que la cegaba y no le dejaba ver la verdad.

Esperaba que esa vez todo fuera distinto.

Aunque para ello tuviera que soportar que el

hombre al que amaba pensara que le había sido infiel. Y nada menos que con su hermano.

Habían sido muchas las veces en las que se le había pasado por la cabeza sacar el tema y tratar de conseguir que la escuchara, pero le daba miedo que no la creyera. Además, sabía que el pasado ya no podía cambiarse.

Llevaba días sin poder pensar en otra cosa, no sabía qué hacer. Una parte de ella deseaba contarle la verdad. Por otro lado, creía que era mejor olvidar su orgullo para poder ser feliz.

Después de todo, era una vida con Ryan lo que más anhelaba y creía que quizás mereciera la pena concentrarse en ese objetivo y no pensar en nada más. Pero le dolía que Ryan siguiera pensando que ella había sido capaz de traicionarlo de esa manera.

Respiró profundamente y se levantó de la cama. Fue hasta el salón para ver si Ryan había encendido la chimenea.

No sólo había encendido un buen fuego sino que la esperaba un fabuloso desayuno en la mesa. Pero lo que más le llamó la atención fue un precioso par de patucos de bebé.

Los tomó con cuidado. Eran amarillos y muy suaves.

«Porque dijiste que aún no tenías un par. Te quiero, Ryan», decía la tarjeta que había dejado sobre la mesa.

Se sentó en la silla con lágrimas en los ojos.

—No debería quererte tanto —susurró ella con emoción.

Pero no podía evitarlo. Sabía que estaban hechos el uno para el otro y lo necesitaba para ser feliz.

Esa mañana fue la primera de un nuevo ritual de conquista que estaba consiguiendo enamorarla más aún.

Al día siguiente, cuando salió de la cama, se encontró con otro regalo. Era un libro sobre el cuidado del bebé.

Otra mañana, le dejó un par de conjuntos al lado del desayuno. Uno rosa y otro azul.

«Por si acaso», había escrito Ryan.

Cuando fue al salón al día siguiente, no se encontró ningún regalo, pero sí una nota. En ella le decía que tenía una sorpresa para ella en la habitación de invitados.

Entusiasmada, fue hacia allí.

Al abrir la puerta, vio que estaba llena de cosas para el bebé. Había una silla de paseo, una cuna que ya estaba montada, un columpio, varios juguetes, un cambiador…

No entendía cómo podía haber llenado esa habitación sin que ella se diera cuenta.

Al lado de la ventana había una mecedora con una manta amarilla sobre uno de los reposabrazos. Fue hasta allí y la tocó. Se sentó después en ella y miró a su alrededor.

Durante los dos últimos días, se había sentido algo más cansada, pero no le había dicho nada Ryan. No quería preocuparlo.

Él se esforzaba mucho por hacer que cada día fuera especial.

Era esa noche cuando habían quedado con sus amigos y su madre. Ryan había conseguido con sus atenciones y su cariño que se sintiera mucho más fuerte y le costaba pensar que esas personas pudieran decir o hacer algo que enturbiaran su felicidad.

Ryan quería casarse con ella y creía que nada mas importaba.

Cuando llegó la hora de prepararse para la cena, fue al armario y trató de encontrar la ropa perfecta para esa velada. Le preocupaba llevar algo que fuera demasiado sexy. No podía quitarse la cabeza que esas personas tenían una opinión muy baja de ella. Le entraron ganas de llevar algo muy modesto y conservador, pero le molestaba dejarse influenciar por lo que otros pensaran de ella.

Seguía frente al armario cuando Ryan se le acercó por detrás y la abrazó. Se estremeció al sentir que mordisqueaba su cuello. Suspiró, encantada con sus atenciones.

–¿Por qué estas aquí mirando tu ropa con la vista pérdida? –le preguntó él.

Se dio la vuelta para abrazarlo y lo besó.

–Has vuelto muy pronto hoy.

–Estaba deseando verte.

–No sé qué ponerme para la cena. Quiero llevar algo con lo que no parezca la mujerzuela que creen que soy.

Ryan la miró comprensivo. La apartó del armario y fue con ella a la cama. Se sentaron y la abrazó.

–Te pongas lo que te pongas, estarás preciosa –le dijo Ryan–. Deja de preocuparte tanto.

–Lo sé. Sé que es absurdo, pero no puedo evitarlo. Estoy muy nerviosa.

–No quiero que te preocupes, Kelly. El pasado es el pasado. Te perdono. Y si yo te he perdonado, ellos deberían ser capaces de hacer lo mismo.

Se quedó inmóvil al oírlo y sintió un gran dolor en su pecho.

Ryan la perdonaba por algo que no había hecho.

Le costó no estallar al oírlo. Sabía que Ryan no estaba tratando de hacerle daño y estaba segura de que no tenía ni idea de cuánto dolor le habían producido sus palabras.

–Los dos cometimos errores. También tengo yo parte de la culpa. Lo importante es que no permitamos que algo así vuelva a ocurrir –le dijo Ryan.

Ella asintió con la cabeza. No se atrevía a hablar y tampoco sabía qué decirle.

Cerró los ojos y lo abrazó. Ryan pensaba que estaba así por culpa de la cena. Dejó que la consolara sin decirle que eran sus palabras las que más daño le habían hecho.

Ryan fue al armario y, pocos segundos después, sacó un precioso vestido azul oscuro. Se lo enseñó y sonrió.

–Este te quedaría fenomenal.

Cerró los ojos. Él la había perdonada. Le entraron ganas de llorar.

Creía que debería ser ella quien lo perdonara y no al revés.

Capítulo Catorce

Kelly tragó saliva y entró en el restaurante conteniendo el aliento. Ryan habló con un camarero que los acompañó a una mesa en la parte de atrás.

Llegaron y su prometido sonrió al ver que Rafael ya estaba allí, sentado al lado de una mujer que no podía ser otra que su esposa, Bryony. También estaban la madre de Ryan, Devon y Cameron. Se le aceleró el pulso al verlos allí juntos.

Se quedó al lado de Ryan mientras éste los saludaba a todos.

—Por supuesto, todos recordáis a Kelly y no hace falta que os la presente —anunció Ryan entonces—. Bueno, todos menos tú, Bryony.

Ryan se giró para mirarla.

—Kelly, te presento a Bryony de Luca, la esposa de Rafael. Bryony, quiero que conozcas a mi prometida, Kelly Christian.

Todos se quedaron en silencio al oír las palabras de Ryan. Su madre ni siquiera intentó esconder el terror que le había producido tal declaración.

Incluso Bryony, que no la conocía, parecía muy sorprendida mientras se levantaba para saludarla. Fue entonces cuando vio que ella también estaba embarazada.

124

—Encantada de conocerte –le dijo Bryony con una sonrisa algo forzada.

Le parecía increíble que incluso esa mujer supiera lo suficiente sobre ella como para juzgarla y tratarla con frialdad.

Kelly sonrió algo nerviosa y dejó que Ryan la guiara hasta una silla. Se dio cuenta de que iba a ser una noche muy larga.

—¿Cómo estás, Kelly? –le preguntó Devon con educación.

Estaba sentado a su lado y supuso que se había visto obligado a dirigirle la palabra.

—Estoy bien –susurró ella–. Algo nerviosa –reconoció.

A Devon pareció sorprenderle su honestidad.

Ryan comenzó a charlar animadamente con sus amigos y con su madre. Ella se quedó callada observando al resto de la gente. Nadie trató de incluirla en la conversación. Y, una vez, cuando se aventuró a hacer un comentario, todos se quedaron en silencio y decidió no volver a hacerlo.

La soportaban porque querían a Ryan, pero sentía que la observaban con desdén.

Fue un alivio que les sirvieran por fin la comida y tener así al menos algo en lo que concentrarse. Nunca se había sentido tan fuera de lugar. Era una de las peores noches de su vida y estaba deseando poder salir de allí con Ryan.

La comida no le sabía a nada, tenía un nudo en el estómago y, después de varios intentos, se dio cuenta de que era mejor no comer. Se limitó a tomar sorbos de agua y a imaginar que seguía en la playa con él, bailando sobre la arena y a la luz de la luna.

Iba a tener que vivir con gente que la juzgaba, como los que la rodeaban esa noche en el restaurante. Además, iba a casarse con un hombre que la había perdonado por un error que ella nunca cometió.

No entendía por qué estaba soportando todo aquello.

Estaba lista para dar por terminada esa situación cuando levantó los ojos y vio que se les acercaba Jarrod. Fue directamente a darle un beso a su madre. Después, los miró a Ryan y a ella.

No pudo evitar sentir un sudor frío en la espalda al verlo allí. Notó que Ryan también estaba en tensión.

Se quedaron en silencio, era como si todo el mundo estuviera pendiente de ella para ver cómo reaccionaba. Le dolían la cabeza y el estómago. Nunca se había sentido tan humillada.

–Siento llegar tarde –les dijo Jarrod–. Había muchísimo tráfico.

Se sentó al lado de su madre. Kelly no podía creerlo. No podía siquiera mirar a Ryan. No entendía cómo podía haberle hecho algo así. Estaba convencida de que él no lo había invitado, pero creía que al menos debería haberle dejado muy claro a los demás que Jarrod no era bienvenido.

Sabía que todos la observaban, pero se negaba a mirarlos. No quería darles la satisfacción de verla tan dolida. Tenía la vista clavada en Jarrod y en su madre.

Estaba harta de que todos la miraran por encima del hombro. Se puso en pie. Ya no le importaba que no la aceptaran, ella tampoco los aceptaba a ellos.

–Estoy cansada de todo esto –dijo mientras miraba a todos los comensales–. No soporto vuestras miradas de desdén. Me habéis juzgado y creéis que no soy suficientemente buena. ¡Podéis iros todos al infierno!

Después, concentró toda su atención en Jarrod.

–¡Maldito canalla! No quiero verte nunca cerca de mí ni de mi hijo.

Vio que Ryan comenzaba levantarse, pero le hizo un gesto para que volviera a sentarse.

–No, por favor, quédate. Sé que no querrás decepcionar a tu familia ni a tus amigos –le dijo con amargura.

Y, antes de que Ryan pudiera reaccionar, se alejó de ellos.

Salió a la calle. Hacía mucho frío, ni siquiera se había molestado en recoger su abrigo. Estaba helada, pero era casi agradable sentir el gélido aire la cara.

Lo primero que pensó Ryan fue en salir corriendo tras Kelly, pero estaba demasiado furioso y tenía que dejar las cosas muy claras antes de irse. No pensaba permitir que nadie tratara mal a Kelly ni le hiciera sentirse humillada. Se puso de pie y miró amenazadoramente a su hermano.

–¿Qué es lo que ha pasado aquí? –preguntó furioso mientras miraba también a su madre.

Jarrod parecía algo confuso y vio que palidecía.

–No te enfades con él, Ryan. Fui yo quien lo invitó –le dijo su madre–. Si insistes en volver con esa mujer, pensé que estaría bien que volviéramos a vernos todos juntos. ¿O es que pensabas dar de lado a tu familia? ¿No crees que esa mujer ya nos ha causado demasiado dolor?

Ryan maldijo entre dientes y su madre no pudo evitar hacer una mueca de sorpresa al oírlo.

–¿No le habéis hecho ya demasiado daño? –contrarrestó él–. Estoy harto. Ya no aguanto más. No pienso permitir que volváis a humillarla de esa manera ni qué tratéis de separarnos.

Después, miró a sus amigos.

–Rafael, Bryony, ha sido un placer veros de nuevo. Espero que tengamos ocasión de volver a hacerlo antes de que os vayáis de la ciudad.

Se despidió también de Devon y de Cameron, los dos parecían muy incómodos.

–Lo siento mucho –murmuró Devon.

Sin decir nada más, se alejó de allí. Tenía que encontrar a Kelly. Pensaba llevarla a casa, disculparse y prometerle que nunca le haría pasar por nada parecido.

Salió deprisa, rezando para que estuviera a salvo y fuera de vuelta a casa. Tenía un nudo en el estómago y temía que Kelly se hubiera hartado tanto como para no querer volver con él.

Detuvo un taxi y le dio su dirección. Se le hizo eterno el trayecto hasta su casa, rezando para que ella estuviera allí cuando llegara.

Cuando el taxi se detuvo frente a su edificio, salió corriendo.

–¿Ha visto a la señorita Christian? –le preguntó al portero.

–Sí, señor. Entró hace unos minutos.

Fue entonces cuando pudo por fin respirar. Corrió hasta el ascensor y, poco después, entraba en su piso.

–¿Kelly? Kelly, cariño, ¿dónde estás?

Fue directo al dormitorio y la encontró sentada en la cama. Estaba muy pálida y tenía un gesto de dolor en la cara. Vio que había estado llorando.

–Pensé que iba a poder hacerlo –le dijo Kelly–. Creí que iba a ser capaz de olvidar el pasado y aceptar que otras personas pensaran lo peor de mí. Lo que más me importaba era que nosotros estuviéramos bien, pero me equivoqué.

–Kelly…

Lo miró y él no dijo nada más. Se sentía muy impotente.

–Esta noche, soporté durante demasiado tiempo que tus amigos y tu madre me miraran con desprecio mientras te dedicaban a ti gestos compasivos. Les cuesta creer que hayas querido volver conmigo. Después de todo, soy la mujerzuela que te traicionó de la peor manera posible. Fue entonces cuando me di cuenta de que no me merecía eso. Nunca me lo he merecido. Y esta tarde, antes de que nos fuéramos a la cena, me perdonaste. Me dijiste que ya no importaba lo que había hecho en el pasado porque me habías perdonado y querías mirar hacia el futuro.

El dolor de sus ojos se había transformado en ira. Vio que apretaba los puños y las lágrimas comenzaron a rodar por sus mejillas.

–Yo, en cambio, no te perdono. Y tampoco puedo olvidar que me traicionaste.

Sus palabras lo confundieron aún más. Instintivamente, dio un paso atrás.

–¿Que no me perdonas?

–Aquel día, te dije la verdad –susurró ella con la voz rota por las lágrimas–. Te pedí que me creyeras. Me puse de rodillas y te lo supliqué. Y, ¿qué hiciste tú? Me diste un cheque y me echaste de tu lado. Tu hermano me atacó, trató de violarme. Yo no hice nada para incitarlo. Tuve moretones en mi cuerpo durante dos semanas después de que me atacara. Estaba tan atónita por lo que había hecho Jarrod que no podía pensar en nada, sólo en encontrarte cuanto antes para poder sentirme a salvo. Sabía que tú arreglarías las cosas y me protegerías. Estaba segura de que ibas a cuidar de mí. Era lo único que tenía en mente, llegar cuanto antes a tu lado. Y, cuando lo hice, ni siquiera podías soportar mirarme a la cara.

Cada vez era más grande el nudo que tenía en el estómago. Le costaba respirar.

–No quisiste escucharme –susurró ella mientras lloraba–. Ya te habías hecho una idea de lo que había ocurrido y no me escuchabas.

Tragó saliva y se acercó a ella. Le preocupaba verla tan alterada y trató de hacer que se sentara en la cama. Pero Kelly no permitió que la tocara. Le dio la espalda y vio que le temblaba todo el cuerpo.

–Estoy escuchándote ahora, Kelly –le dijo él–. Cuéntame lo que pasó. Te creo, lo juro.

Pero no hacía falta que se lo dijera, ya lo sabía. No había dejado de pensar en aquel fatídico día y se había negado a entender lo que de verdad había ocurrido.

Estaba furioso.

Su hermano lo había mentido, había enmarañado la verdad para conseguir que lo creyera a él.

–Ya no importa si me crees o no –susurró Kelly mientras giraba para mirarlo–. Deberías haberme creído cuando de verdad importaba. Intentó violarme, me atacó, me hizo daño… Cuando traté de defenderme y le dije que te lo iba a contar todo, Jarrod se rió de mí. Me dijo que iba a asegurarse de que tú nunca me creyeras –agregó ella–. Yo le dije que se equivocaba. Le recordé que me amabas y que ibas a hacerle pagar por lo que me había hecho…

Kelly no pudo seguir hablando, las lágrimas la ahogaban.

«Dios mío, ¿cómo pudo pasar algo así?», pensó desesperado.

Recordó la llamada de su hermano. Al principio, le había costado creerlo. Pero después, Kelly llegó muy alterada a la oficina y le dijo exactamente lo que Jarrod le había advertido que iba a contarle. Estaba horrorizado, no podía asimilarlo.

–¿Lo hizo? –preguntó él con un nudo en la garganta–. ¿Te violó?

Volvió a echarse llorar y se cubrió la cara con las manos. Quería abrazarla

–Si hubieras visto lo contenta que estaba ese día. Acababa de descubrir esa mañana que estaba embarazada. Estaba tan feliz.

No pudo terminar la frase, las lágrimas no se lo permitieron.

–Kelly, no sabes cuánto lo siento. Pensé que… ¡Se trataba de mi hermano! Nunca pensé que pudiera llegar a hacer algo así. Creí que te apreciaba y me dio la impresión de que os llevabais bien. ¿Cómo iba a creer que Jarrod pudiera hacer algo tan despreciable?

–Pero no te costó creer que pudiera hacerlo yo –le dijo Kelly con tristeza en los ojos.

No podía respirar, se sentía desesperado y muy impotente. No sabía qué hacer. Kelly tenía razones para odiarlo.

Vio que se llevaba las manos a la cabeza y se frotaba las sienes. Después, se balanceó como si estuviera a punto de perder el equilibrio.

–¡Kelly! –exclamó mientras iba hacia ella.

Pero no permitió que la tocara.

–Apártate de mí.

–Kelly, por favor.

Fue entonces él quien le rogaba. Y no le importó. Estaba dispuesto a hacer lo que fuera necesario para arreglar las cosas.

–Te quiero. Nunca dejé de quererte –le confesó entonces él.

Kelly lo miró con gran pesar y sin poder dejar de llorar.

–El amor no debería provocar tanto dolor. Eso

no es amor. El amor es confiar plenamente en el otro –repuso ella.

Estaba deseando poder abrazarla y ofrecerle el consuelo que le había negado meses antes, cuando ella más lo necesitaba.

Kelly trató de salir del dormitorio. La agarró por el codo para evitarlo, no podía soportar que se alejara de él.

–Por favor, no te vayas.

–¿Es que no te das cuenta de que nunca vamos a poder estar juntos, Ryan? –le preguntó Kelly con dolor en la mirada–. No confías en mí. Tu familia y tus amigos me odian. ¿Qué tipo de vida me espera? Me merezco algo mejor. Algunos obstáculos son imposibles de superar.

Cerró un instante los ojos con gesto de dolor. Volvió a balancearse y tuvo que agarrarse a la cómoda.

–Kelly, ¿qué te pasa? –le preguntó muy preocupado.

Ella se frotó la frente y abrió los ojos, pero tenía la mirada perdida.

–Mi cabeza… –gimió ella con un hilo de voz.

Se dio cuenta de que estaba muy mal. No era solo el disgusto que se había llevado esa noche, había algo más.

Se asustó al ver lo pálida que estaba. Antes de que él pudiera reaccionar, se le doblaron las piernas y cayó al suelo.

Capítulo Quince

–¡Kelly! –gritó Ryan asustado mientras iba hacia ella.

Su primer impulso fue abrazarla, pero su cuerpo estaba rígido y estaba sufriendo convulsiones. Tenía espuma en la comisura de los labios y la mandíbula apretada. Rápidamente, sacó el móvil y marcó el número de emergencias.

–Necesito una ambulancia. Mi prometida… Está embarazada... Creo que está teniendo un ataque.

Sabía que lo que decía no tenía demasiado sentido. Intentaba mantenerse calmado para poder ayudarla, pero era muy complicado en esas circunstancias. El operador que lo atendía le hizo unas cuantas preguntas.

Unos segundos después, el cuerpo de Kelly perdió su rigidez y la cabeza cayó hacia atrás. Llevó los dedos al cuello, rezando para encontrar su pulso.

–No me dejes, Kelly –susurró con desesperación–. Por favor, aguanta. Te quiero tanto…

Levantó su mano, aún llevaba el anillo de compromiso. Besó la palma con desesperación, no podía dejar de llorar. Nunca había estado tan asustado.

Oyó algún tiempo después a los médicos en la puerta de su piso.

–¡Aquí! –gritó desde el dormitorio.

Entraron deprisa y lo apartaron de Kelly. Comenzaron a ocuparse de ella mientras él los observaba completamente inmóvil. La colocaron en una camilla y se fueron deprisa al ascensor.

Cuando salieron a la calle, subió a la ambulancia con ellos.

De camino al hospital, sacó el teléfono móvil. No sabía a quién llamar, no había nadie.

La gente en la que confiaba, especialmente su hermano, lo había traicionado. Se cubrió la cara con las manos y trató de calmarse. No podía perder el control en esos momentos. Kelly lo necesitaba.

Ryan escuchó en silencio mientras los médicos le decían que Kelly estaba muy grave. Le habían puesto suero con sulfato de magnesio para bajarle la tensión arterial y evitar que tuviera convulsiones, pero si ese tratamiento no funcionaba, iban a tener que hacer una cesárea para sacar al bebé.

–¿Pero no es demasiado pronto para el niño?

–No nos quedaría más remedio –le dijo el médico–. Si no hacemos nada y su condición no mejora, podrían morir los dos. La única cura para la eclampsia es sacar al bebé. Estamos haciendo pruebas para ver si sus pulmones han madurado lo suficiente. Está de treinta y cuatro semanas de gestación y creo que tendría posibilidades de sobrevivir sin muchas complicaciones.

Desesperado, se pasó las manos por el pelo y cerró los ojos. Sentía que él era el culpable. Debería haberla cuidado y mimado durante todo el embarazo. Pero, en vez de hacerlo, la había puesto en una situación muy complicada y ella se había visto obligada a trabajar en muy malas condiciones. Ni siquiera había sabido facilitarle las cosas desde que retomaran la relación, sometiéndola de nuevo a las críticas y a la frialdad de su familia y sus amigos.

Fue hasta la puerta de la habitación. Se detuvo antes de entrar. Tenía miedo de que su mera presencia fuera demasiado para Kelly.

Nunca se había sentido tan apenado. Se arrepentía mucho de lo que había ocurrido.

Abrió despacio y entró. La habitación estaba en penumbra. Vio a Kelly tumbada en la cama y conectada a todo tipo de aparatos.

Se le acercó despacio para no molestarla. Seguía muy pálida. Tenía los ojos cerrados, pero fruncía el ceño. No sabía si estaría preocupada o dolorida, quizás fueran las dos cosas.

Vio que respiraba con dificultad y se le encogió el corazón.

Acercó una silla y se sentó. Le tomó la mano que tenía más cerca y se la llevó los labios.

—Lo siento, Kelly —le susurró con la voz entrecortada por la emoción—. No sabes cuánto lo siento…

—Ryan, Ryan, despierta.

Abrió los ojos al oír esas palabras y no pudo evitar gemir cuando intentó levantar la cabeza. Sentía mucho dolor en el cuello. Tardó en acostumbrarse a la luz que entraba por la ventana. Ya era de día.

Miró a Kelly, seguía dormida. Habían elevado un poco la cama y tenía una nueva bolsa de suero. Se giró entonces mientras se frotaba el cuello. Devon estaba detrás de él y lo miraba con preocupación.

–¿Qué es lo que ha pasado? –le preguntó su amigo.

Con cuidado para no despertarla, se puso de pie. Le hizo un gesto para que salieran los dos de la habitación. Vio a Cameron en el pasillo, también parecía muy preocupado.

–¿Qué hacéis los dos aquí?

–La cena de anoche fue muy tensa –le dijo Devon–. Traté de llamarte después de que te fueras, pero no contestabas. Así que fui a tu piso. El portero nos dijo que una ambulancia se había llevado a Kelly al hospital. Así que vinimos para ver cómo se encontraba.

Ryan cerró los ojos. Seguía con un nudo en la garganta.

–¿Estás bien? Creo que deberías sentarte –le dijo entonces Cameron–. ¿Has comido?

Él negó con la cabeza.

–¿Quieres contarnos lo que ha ocurrido? –le preguntó Devon.

–No sabría por dónde empezar. ¿Cómo os sentiríais vosotros si hubierais cometido el peor error de vuestra vida y creyerais que no hay manera de arreglarlo?

–No conozco toda la historia, pero creo que no eres el único culpable –le dijo Devon entonces.

—Mi hermano la atacó –replicó Ryan furioso–. Intentó violarla y, cuando Kelly se defendió, él me llamó contándome una ingeniosa historia. Me dijo que se habían acostado juntos y que, cuando él le dijo que era un error, ella lo amenazó con contarle que había tratado de violarla para que yo no rompiera el compromiso.

Devon y Cameron lo miraban estupefactos.

—¿Cómo voy a superar algo así? –les dijo Ryan–. ¿Cómo va Kelly a perdonarme? Ayer, antes de ir al restaurante, fui tan magnánimo como para decirle que la perdonaba –añadió con sarcasmo–. Le dije que quería olvidar el pasado para poder tener un futuro juntos y le aseguré que la perdonaba por haberme sido infiel.

Cameron y Devon se acercaron y lo agarraron cada uno de un hombro.

—No sé que decir –susurró Devon–. Sé que la quieres.

—Sí, nunca he dejado de quererla. Y, aun así, le he hecho mucho daño. ¿Cómo voy a conseguir que vuelva a confiar en mí?

Capítulo Dieciséis

Jarrod lo miró con resignación al abrir la puerta de su piso y ver que se trataba de Ryan. Éste no le dio tiempo a hacer ni a decir nada. Lo agarró por el cuello de la camisa y lo empujó contra la pared.

–¿Qué demonios…?

No pudo terminar la frase. Le dio un puñetazo que le hizo caer al suelo. Cameron y Ryan se quedaron esperando a que se levantara de nuevo.

Jarrod lo miraba sin entender nada mientras se limpiaba la sangre de la boca.

–¿Qué es lo que te pasa, Ryan?

–¿Por qué lo hiciste? –le preguntó Ryan entonces mientras lo fulminaba con la mirada–. ¿Por qué?

Vio que palidecía al oír sus palabras. Era un alivio que al menos no tratara de negarlo o le dijera que no sabía de qué le estaba hablando.

–Lo siento.

No podía creerlo, ni siquiera iba a defenderse. Fue de nuevo hacia él y le dio otro puñetazo. Esa vez, Jarrod ni siquiera trató de levantarse.

–¿Que lo sientes? ¡Trataste de violarla! Me mentiste –le dijo sin poder controlar su furia–. ¿Cómo has podido hacer algo así? Era la mujer con la que iba a casarme. ¿Por qué hiciste algo tan horrible?

–Pregúntaselo a mamá.

Dio un paso atrás. No podía creerlo.

–¿Mamá? ¿Fue ella la que te pidió que lo hicieras?

Jarrod se levantó con dificultad del suelo y se apoyó en la pared del salón.

–Sí, se volvió loca cuando descubrió que ibas a casarte con Kelly. Me dijo que no iba a permitir que cometieras ese error y te casaras con una cazafortunas como Kelly. Al principio, pensé que se le pasaría. Pero no cambió de parecer. Me pidió que fuera a hablar con Kelly y le ofreciera dinero para romper el compromiso. Y que, si ella se negaba a aceptarlo, podría tenderle una trampa con la historia de la violación. Te juro que no era mi intención violarla, Ryan. Solo quería que tú pensaras que nos habíamos acostado juntos.

–¡Dios mío! ¡Qué locura! –exclamó Cameron.

Ryan no sabía qué decir. Le parecía increíble que su propia madre hubiera sido capaz de hacer algo así.

–Fue ella la que me invitó anoche para que fuera a la cena. Pero me dijo que tú querías que fuera, te lo juro. Me hizo creer que Kelly y tú queríais olvidaros del pasado y empezar de nuevo. No pensaba ir, no quería disgustar a Kelly ni que te enfadaras conmigo, pero mamá me dijo que tú querías que fuera. La verdad es que tenía la esperanza de que pudierais olvidarlo todo y volviéramos a ser una familia. Como en los viejos tiempos…

Ryan se sentía demasiado asqueado como para seguir allí, escuchando sus excusas.

–Tú ya no eres de mi familia. Solo Kelly y nuestro hijo, nadie más. No quiero volver a verte. Si te acercas a ella, te arrepentirás.

–Ryan, no. Por favor–le rogó Jarrod–. Por favor...

Ya iba hacia la puerta para salir, pero se detuvo al escuchar sus palabras.

–¿Te suplicó ella que la dejaras en paz como me estás suplicando ahora a mí, Jarrod? ¿Te pidió que pararas?

Su hermano se sonrojó y apartó la mirada.

–Vámonos de aquí, venga –le dijo Cameron.

Cuando salieron a la calle, Ryan le pidió a su amigo que se fuera sin él.

–Voy a ir a ver a mi madre.

–¿Seguro que no quieres que vaya contigo?

–Sí, es algo que tengo que hacer yo solo.

Ryan llamó a la puerta de su madre con los nudillos. Cuando abrió una de las criadas, le pidió que la avisara.

Poco después, entró su madre en el salón donde la esperaba.

–¿Ryan? ¿Ha ocurrido algo? –le preguntó preocupada–. No te esperaba.

Se quedó mirándola con incredulidad. Le parecía imposible que hasta ese día no hubiera sido consciente de cómo era en realidad la mujer que le había dado la vida. Siempre había sido bastante vanidosa y egoísta, pero nunca se había imaginado lo maliciosa que podía llegar a ser.

No le salían las palabras, no sabía cómo decirle cuánto la odiaba.

–¿Estás bien? –le preguntó de nuevo mientras se acercaba y colocaba una mano en su brazo.

Apartó su mano asqueado, no quería nada de ella.

–No me toques –susurró furioso–. Sé lo que hiciste. Sé lo que Jarrod y tú le hicisteis a Kelly. Nunca os lo perdonaré.

Su madre lo miró consternada. Después, se cruzó de brazos.

–Ella no te conviene, Ryan. Si no estuvieras tan obsesionado con ella, tú también te darías cuenta.

–Ni siquiera vas a negarlo. ¡Dios mío! ¿Qué ha hecho Kelly para merecer algo así? Ahora mismo, está en el hospital. Es mi hijo el que lleva en las entrañas, tu nieto. Estaba embarazada cuando le pediste a Jarrod que la atacara. Hay que ser un psicópata para hacer algo así –le dijo con odio.

–Tengo que proteger a mis hijos y no me arrepiento de nada –repuso ella–. Lo haría de nuevo. Lo entenderás cuando nazca el bebé. Un padre ha de estar dispuesto a todo por el bien de su hijo. Lo protegerás por encima de todo y no vas a permitir que cometa el peor error de su vida sin hacer nada para evitarlo. Ya me darás la razón dentro de unos años.

No sabía qué decir. Le parecía asombroso que tratara de justificarse de ese modo. Sus acciones no habían sido sólo inmorales, sino también delictivas.

–Espero no llegar nunca a los extremos a los que has llegado tú. Hiciste mucho daño a una mujer inocente sólo porque pensabas que no me merecía. Lo que no entiendes es que ella es mucho mejor que tú. Somos nosotros los que no nos merecemos a alguien como Kelly en nuestra familia.

Su madre parecía furiosa.

—Eres como todos los hombres, sólo piensas con la entrepierna. La lujuria te ciega, pero te darás cuenta dentro de unos años de que ya no ves las cosas de la misma manera. Y entonces me darás las gracias por haber tratado de protegerte. Podrías encontrar a alguien mejor y no entiendo que no seas capaz de verlo por ti mismo.

—Estoy seguro de que nunca te agradeceré lo que has hecho. Ya no quiero saber nada de ti. No permitiré que mi futura esposa tenga que verte ni tampoco los hijos que tengamos.

Ella lo miró con la boca abierta. Se había quedado muy pálida de repente.

—¡No hablarás en serio!

—Muy en serio. No eres mi madre. No tengo madre. Kelly y nuestro hijo son mi familia. Nunca te lo perdonaré. No quiero que te acerques a Kelly ni a mí. Si lo haces, pediré una orden de alejamiento. ¿Lo has entendido bien?

Su madre se quedó mirándolo sin poder articular palabra alguna.

—No tengo nada más que decirte.

Se dio media vuelta y salió de allí. Su madre lo llamó, pero no hizo caso. No miro hacia atrás.

Se metió en un taxi y le pidió al conductor que lo llevara al hospital. Kelly y el bebé lo necesitaban.

No sabía si ella iba a poder perdonarlo, pero iba a asegurarse de que no le faltara nunca nada. Iba a cuidar de ellos, aunque fuera desde la distancia y se pasaría el resto su vida tratando de recuperarla.

Kelly se despertó y todo era silencio a su alrededor. Era un alivio haberse librado por fin del zumbido de los oídos. Ya no le dolía la cabeza.

Miró a su alrededor y se dio cuenta de que estaba en la habitación de un hospital.

Recordó entonces todo lo que había pasado. Se había sentido muy mal la noche de la cena y supuso que había perdido el conocimiento. Presa del pánico, se llevó las manos al vientre. Fue un alivio ver que seguía embarazada, pero no sabía si el bebé estaría bien.

La habitación estaba en penumbra, sólo entraba algo de luz por debajo de una puerta. Supuso que sería de noche. Sus ojos fueron adaptándose a la oscuridad y vio entonces que Ryan estaba sentado en una silla a su lado. La miraba con atención, vio que había mucha emoción en sus ojos azules.

–Hola –le susurró Ryan en voz baja–. ¿Cómo estás?

–No lo sé. Ya no me duele la cabeza. ¿Aún tengo los pies hinchados?

Ryan le levantó ligeramente la sábana.

–Un poco, pero están mejor. Te están dando medicación para controlar la tensión y también vigilan al bebé para asegurarse de que está bien.

144

–¿Y como está? –preguntó muy asustada.

–Por ahora está bien. Se te ha estabilizado la tensión arterial, pero me han dicho que a lo mejor tienen que hacerte una cesárea si vuelve a subir.

Cerró los ojos al oírlo. Ryan se acercó a ella y la abrazó.

–No te preocupes, cariño –murmuró mientras le daba un beso–. Tienes que estar tranquila. Estás en muy buenas manos. Me he encargado de que así sea. Están pendientes de tu salud a todas horas y el médico me ha dicho que el bebé podría sobrevivir.

Se sintió muy aliviada al oírlo, pero estaba demasiado cansada para decir nada más.

–Voy a cuidar de ti, Kelly –le prometió Ryan–. De ti y del bebé. Nadie volverá a hacerte daño. Te lo juro.

Se le llenaron los ojos de lágrimas al oírlo. No tenía fuerzas para discutir. Algo se había roto dentro de ella y no sabía cómo iba a poder arreglarlo.

Ryan se apartó entonces y vio que parecía muy preocupado. También había mucho amor en su mirada. No sabía si eso iba a ser suficiente. Sabía que la quería y que se sentía culpable. Pero ella no sabía si iba a ser capaz de perdonarlo.

–¿Qué va a pasar? –susurró ella–. ¿Tengo que quedarme aquí? ¿Puedo volver a casa?

Ni siquiera sabía si la casa de Ryan seguía siendo su hogar. Su relación estaba en el aire, pero no le quedaba más remedio que volver con él mientras estuviera en peligro la salud del bebé.

Ryan tomó su mano entre las de él.

–Te quedarás aquí hasta que el médico te dé el alta. Y, durante el resto del embarazo, tendrás que hacer reposo absoluto.

Tenía mucho miedo y Ryan se dio cuenta. Se acercó y le dio un beso en la frente.

–No quiero que te preocupes por nada, cariño. ¿De acuerdo? Yo me ocuparé de todo. Iremos a algún sitio bonito y cálido. No tendrás que hacer nada más que estar tumbada en la playa observando el atardecer. Contrataré a un médico que esté pendiente de ti en todo momento.

–Ryan, no podemos escaparnos a una isla tropical. Si nos limitamos a ignorar los problemas, no vamos a poder arreglarlos.

–Por ahora, concéntrate en ponerte mejor mientras yo me ocupo de eliminar cualquier preocupación que puedas tener.

Abrió la boca para protestar, pero Ryan le dio un beso para que no lo hiciera.

–Sé que tenemos que arreglar algunas cosas, Kelly. Cuando te lo dije por primera vez, no sabía hasta qué punto era verdad. Pero ahora tenemos que dejar esos problemas al margen y concentrarnos en tu salud y la del bebé. ¿Qué te parece?

Se dio cuenta de que tenía razón y asintió con la cabeza.

A pesar de lo que había ocurrido en el pasado, sabía que Ryan estaba siendo sincero y le importaba su salud y la del niño más que cualquier otra cosa.

Capítulo Diecisiete

–Mi idea era llevarla de vacaciones si cree que está en condiciones de viajar. Quiero que esté en un sitio cálido y atendida en todo momento. Puedo encargarme de que un avión privado nos lleve a la isla y allí tendré un médico que la atienda.

El médico se quedó pensativo unos segundos.

–Puede que sea lo mejor. A lo mejor se siente más tranquila en un sitio más cálido y recupera antes las fuerzas –repuso el doctor–. Sería muy negativo que diera a luz antes de tiempo y con ella al borde de la depresión.

Se le encogió el corazón al pensar en la profunda tristeza que estaba sintiendo Kelly. Estaba dispuesto a hacer cualquier cosa para conseguir que volviera a sonreír.

–Si me da el visto bueno, comenzaré a organizarlo todo –le dijo Ryan–. Quiero lo mejor para ella y haré lo que sea necesario para que se recupere.

–Lo creo, señor Beardsley. ¿Por qué no me da el nombre del médico que va a contratar? También quiero los datos del hospital donde sería atendida. Me encargaré de enviarles la historia médica y asegurarme de que están preparados para ocuparse de ella.

–Gracias –le dijo con sinceridad–. Kelly y yo se lo agradecemos de corazón.

–Cuide de ella. No me gusta verla tan triste.

Ryan asintió con la cabeza. Iba a cuidar de ella.

Sentada en el sillón al lado de la ventana, Kelly se distraía viendo cómo caían los copos de nieve.

–¿Quieres una manta? –le preguntó Ryan.

Giró la cabeza sorprendida al ver que ya había regresado.

–Siento haberte sobresaltado.

–No lo has hecho, no te preocupes. No te había oído entrar, eso es todo.

Se acercó a ella y se apoyó en el borde de la ventana.

–Acabo de hablar con tu médico y está dispuesto a darte el alta.

Se quedó boquiabierta al oírlo.

–Pero hay algunas condiciones. Le preocupa mucho tu salud.

–¿Qué condiciones?

–Ya lo he arreglado todo. No te preocupes por nada. Concéntrate en ponerte mejor y más fuerte.

Había pasado esos días en el hospital como si tuviera la cabeza en blanco. Le costaba pensar con claridad y cada vez se sentía más cansada.

–Nos vamos de la ciudad. Una ambulancia te va a llevar al aeropuerto y volaremos hasta la isla de Saint Angelo en un avión privado.

No podía creerlo.

–Ryan, no puedes irte de Nueva York. Podrían pasar semanas antes de que naciera el bebé. No puedes pasar tanto tiempo cuidando de mí ni abandonar tu trabajo. Tu vida está aquí.

Ryan se arrodilló frente a ella y le tomó las manos.

–Mi vida está contigo. El bebé y tú sois lo más importante. Además, hay muchas personas en la empresa capaces de dirigirla durante mi ausencia. Mis socios también van a echarme una mano. Estaremos a pocos minutos del lugar donde estamos construyendo el complejo hotelero, así que puedo encargarme de solucionar cualquier problema que pueda surgir allí.

No habían vuelto a hablar de la cena con sus amigos y su familia ni de la conversación que habían tenido después en la casa. Sabía que Ryan se sentía muy culpable y que le atormentaba lo que ella le había contado. Sabía que no le convenía hablar de ello ni perder la calma. Quería protestar y decirle que no podía seguir organizando su vida, pero no tenía energía para hacerlo.

–Kelly, ¿en qué estás pensando, cariño?

Lo miró a los ojos. Parecía muy preocupado y la miraba como si estuviera intentando leer sus pensamientos.

–Estoy cansada–dijo con sinceridad.

También se sentía débil, insegura y arrastraba un gran dolor en su corazón. Pero trataba de hacer lo mejor para el bebé.

No podía explicarle todo lo que sentía, era un esfuerzo demasiado grande.

–Lo sé, cariño –le dijo Ryan mientras le acariciaba cariñosamente la mejilla–. Sé que no tengo derecho a pedírtelo, pero lo voy a hacer de todas formas. Confía en mí. Deja que te cuide y te lleve a Saint Angelo. Sé que te encanta la isla.

Siempre le había resultado muy fácil dejar que él llevara las riendas. En ese momento, le ofrecía además lo que siempre había querido. Su amor y sus cuidados. Era la fantasía con la que había soñado, pero temía que no durara. Ya había pasado por aquello. Los días en la isla habían sido idílicos, pero después tenían que regresar a la fría realidad de sus vidas.

–Quiero quedarme allí hasta que nazca el bebé –susurró ella.

No quería que naciera en Nueva York ni tener a su alrededor a gente que la despreciaba.

–Ya me he encargado de ello.

Le sorprendió oírlo.

–Ven conmigo, Kelly. Confía en mí. Al menos, de momento.

Pensó que a lo mejor podría quedarse en la isla después de que naciera el bebé. Supuso que Ryan ya se habría dado cuenta de que lo suyo no tenía futuro.

Le atraía la idea de vivir allí con el bebé. Creía que no necesitaría mucho, sólo un apartamento. En cuanto se recuperara, podría encontrar un puesto como camarera. No le daba miedo el trabajo duro.

Y, cuando Ryan quisiera ver al niño, podría ir a la isla.

Se sintió algo más fuerte al pensar en la posibilidad que se abría frente a ella y asintió con la cabeza.

Vio que Ryan parecía muy aliviado. Se inclinó sobre ella para besarla, pero ella apartó la cara y la besó en la mejilla.

–Tengo que volver a irme para terminar de organizarlo todo. Volveré en cuanto pueda. ¿Necesitas que te traiga algo?

Ella negó con la cabeza y Ryan se puso en pie.

–Voy a hacer todo lo que esté en mi mano para que vuelvas a sonreír, Kelly –le prometió él antes de salir.

Kelly giró la cabeza y siguió observando los copos de nieve por la ventana.

No tuvieron ningún problema con el vuelo ni con el transporte hasta la casa de la playa. Ryan se había asegurado de que Kelly estuviera cómoda en todo momento. Todo el mundo estaba pendiente de ella. Nada más llegar, los recibió el médico que la iba a tratar y una enfermera personal que iba a residir en la casa con ellos.

Cuando Kelly vio la maravillosa casa, se quedó sin aliento. La propiedad estaba rodeada por altos muros. Entraron atravesando unas rejas de hierro. Siguieron por un camino empedrado. El jardín era maravilloso, mirara donde mirara había arbustos con flores de todos los colores.

La casa estaba a sólo unos metros de la playa. Le encantaba la idea de poder salir directamente desde la puerta trasera de la casa.

Trató de negarse, pero Ryan se empeñó en entrar con ella en brazos. En vez de enseñarle la casa, la llevó directamente al porche trasero, desde donde se accedía directamente a la playa.

No tardó en sentir la brisa marina agitando su pelo. Cerró los ojos y respiró profundamente.

–Esto es precioso –susurró ella.

–Me alegra que te guste porque es tuyo –repuso Ryan con una sonrisa.

Se quedó inmóvil entre sus brazos y lo miró a los ojos. Estaba sin palabras.

–No lo entiendo.

Ryan la dejó en el suelo y se sentaron en los peldaños del porche.

–La he comprado para ti. Para nosotros. Esta es nuestra casa –le explicó él.

No sabía qué decir. La sensación de irrealidad y tristeza que la había envuelto durante los últimos días comenzó a desvanecerse. Empezó a ver las cosas con más claridad. Vio que Ryan estaba haciendo un esfuerzo increíble para hacerla feliz y cuidar de ella. Sintió que la esperanza renacía en su interior, pero tenía que ser cauta.

–No lo entiendo, Ryan. Tú vives en Nueva York. Tu vida está allí. Tu familia está allí. Tu trabajo, tu empresa, tus amigos. No puedes mudarte a esta isla sólo porque aquí pasamos días muy felices.

–¿No puedo? –preguntó Ryan mientras le tomaba la mano–. Hay muchas cosas que aún no sabes, Kelly. No quise contártelo cuando pasó porque estabas en el hospital. He hablado con mi hermano y con mi madre y les he dicho que no quiero saber nada de ellos. Ya no forman parte de mi vida, de nuestras vidas.

—Pero Ryan… —murmuró ella con lágrimas en los ojos.

—No derrames ni una lágrima por ellos ni por mí. No se merecen tus lágrimas y no me arrepiento de lo que he hecho. De lo único de lo que me arrepiento es de haber permitido que te hicieran tanto daño y de haber sido incapaz de verlo con mis propios ojos.

—Sí, pero no habrías tenido que romper con ellos si no hubiera sido por mí —le dijo ella con verdadero dolor—. Son tu familia, Ryan. Ahora estás enfadado, pero puede que las cosas cambien dentro de un año o dos. Tarde o temprano, me echarás en cara que te haya separado de ellos.

—No, tú no eres responsable de lo que hicieron, fueron ellos. Han hecho algo horrible y no merecen tu consideración, tampoco la mía. No quiero que nuestro hijo se vea expuesto a ese tipo de gente. Fue mi decisión, Kelly. ¿De verdad crees que les permitiría formar parte de nuestra vida después de lo que te hicieron?

No podía dejar de llorar. No había sido su intención separarlo de su familia. Ella no quería tener que verlos, pero no deseaba que Ryan tuviera también que sufrir.

—Pero no quiero hablar de ellos —le dijo Ryan—. Ya no me importan. Lo que quiero es hablar de nosotros. ¿Crees que serás capaz de perdonarme algún día, Kelly? ¿Podrás volver a quererme?

Ryan se levantó y bajó los dos escalones del porche. Después, se puso de rodillas frente a ella y tomó sus manos.

–Una vez, te pusiste de rodillas para rogarme que te creyera y pedirme que no te diera la espalda. Ha llegado ahora el momento de que te suplique yo, Kelly. No merezco tu perdón y entendería que no lo hicieras, pero tengo que pedírtelo de todas formas. Te quiero. Deseo más que nada tener una vida contigo. Aquí, en esta isla, lejos de la infelicidad del pasado.

–¿Quieres que nos quedemos aquí? –le preguntó ella.

Ryan asintió con la cabeza. Vio que le temblaban las manos.

–He comprado esta casa y en el hospital tienen tu historial médico. Me he asegurado de que el bebé tenga los mejores cuidados posibles. Quiero que empezamos de nuevo. Que esta vez sea de verdad un comienzo. Te ruego que me des esa oportunidad para poder conseguir que vuelvas a quererme.

Sintió que se derretían las paredes de hielo de su corazón y permitió que renaciera la esperanza en su interior. Esa vez, no trató de detenerla.

Tomó la cara de Ryan entre las manos, estaba llorando. Había dolor y desesperación en su mirada, también algo de miedo.

–Te quiero tanto –le dijo ella con la voz entrecortada–. He pasado mucho tiempo enfadada y odiándote. Ha sido un peso que no me dejaba avanzar. Pero no puedo seguir viviendo así.

Ryan cerró los ojos. Cuando los abrió de nuevo, vio que se sentía muy aliviado. También parecía vulnerable y se dio cuenta de que estaba tomando la decisión adecuada.

–Si perdonas todas las cosas que te he dicho, yo también te perdonaré por no confiar en mí.

–Dios mío, Kelly –gimió él–. Merezco todo lo que me has dicho y mucho más. Lo que te hice fue imperdonable. ¿Cómo puedes perdonarme cuando no me perdono yo?

Se inclinó hacia él y lo besó. Le acarició la cara con las manos y también el pelo.

–¡Menuda pareja formamos los dos! Hemos cometido errores, pero no nos hemos dado por vencidos. Y creo que eso nos ha hecho más fuertes. Siento que hayas tenido que renunciar a tu familia por mi culpa. Has dicho adiós también a la ciudad en la que has vivido siempre. Has comprado esta casa aquí porque sabías que me encantaría. Es una muestra increíble de tu amor. Si no te perdonara, estaría rechazando todo el amor que puedes darme y no quiero vivir sin ti, Ryan. Los últimos meses han sido los peores de mi vida y no quiero volver a sentirme así.

Ryan la abrazó con fuerza. No podía respirar, pero no le importó. Estaban juntos. Juntos por fin. Sin el dolor ni la tristeza del pasado.

Sintió que se le había quitado un gran peso de encima al decirle que lo amaba y que lo perdonaba. Hacía mucho que no se sentía tan libre ni tan ligera. Estaba feliz. Muy feliz.

–Te quiero tanto, Kelly –le dijo él–. Siempre te he querido. Me iba a la cama pensando en ti, preocupado por cómo estarías o por si serías feliz. Me inventé unas cuantas excusas para explicar por qué contraté a un detective cuando la verdad era que no podía soportar la idea de vivir sin ti.

Kelly sonrió y apoyó la frente contra la de él.

—¿Crees que seremos capaces de perdonarnos a nosotros mismos, olvidar las cosas que no podemos cambiar y concentrarnos en nuestro amor y en nuestro futuro? —le preguntó ella.

—Sí, creo que podemos hacerlo —repuso Ryan sin soltarla.

Después, se apartó de ella y la miró con una gran sonrisa. Había mucha emoción en sus ojos.

—Cásate conmigo, Kelly. Ahora mismo. No quiero esperar ni un día más. Nos casaremos aquí, en nuestra playa. Solos tú, yo y nuestro bebé.

—Sí, me casaré contigo.

Se quedaron abrazados en esos peldaños durante mucho tiempo. En esa playa iban a criar a sus hijos. Allí pasarían los mejores años de su vida, riéndose, amándose y recordando el lugar donde se habían jurado amor eterno junto con la promesa de luchar para superar juntos los problemas que la vida pudiera depararles.

Estuvieron allí sentados hasta que se puso el sol. Después, cuando la luna brillaba ya en lo alto y se reflejaba su luz en el agua, Ryan llevó a Kelly en brazos hasta la playa y bailaron al ritmo que les marcaban las olas.

Deseo

Chispas de pasión

MICHELLE CELMER

Cuando Sierra Evans dio a sus gemelas en adopción, no esperaba que la tragedia las dejara a cargo de su tío, un millonario playboy. No se detendría ante nada para proteger a sus hijas… aunque eso significara hacerse pasar por la niñera perfecta con un gran secreto.

El exjugador de hockey y empresario Coop Landon sabía cuándo alguien mentía. Y estaba claro que su nueva niñera no quería su dinero ni su fama. Estaba más que dispuesto a descubrir lo que se proponía, especialmente cuando la seducción era la estrategia perfecta. Sin embargo, la verdad les podría costar muy cara.

Había muchos secretos que revelar

Acepte 2 de nuestras mejores novelas de amor GRATIS

¡Y reciba un regalo sorpresa!

Oferta especial de tiempo limitado

Rellene el cupón y envíelo a
Harlequin Reader Service®
3010 Walden Ave.
P.O. Box 1867
Buffalo, N.Y. 14240-1867

¡Sí! Por favor, envíenme 2 novelas de amor de Harlequin (1 Bianca® y 1 Deseo®) gratis, más el regalo sorpresa. Luego remítanme 4 novelas nuevas todos los meses, las cuales recibiré mucho antes de que aparezcan en librerías, y factúrenme al bajo precio de $3,24 cada una, más $0,25 por envío e impuesto de ventas, si corresponde*. Este es el precio total, y es un ahorro de casi el 20% sobre el precio de portada. ¡Una oferta excelente! Entiendo que el hecho de aceptar estos libros y el regalo no me obliga en forma alguna a la compra de libros adicionales. Y también que puedo devolver cualquier envío y cancelar en cualquier momento. Aún si decido no comprar ningún otro libro de Harlequin, los 2 libros gratis y el regalo sorpresa son míos para siempre.

416 LBN DU7N

Nombre y apellido	(Por favor, letra de molde)	
Dirección	Apartamento No.	
Ciudad	Estado	Zona postal

Esta oferta se limita a un pedido por hogar y no está disponible para los subscriptores actuales de Deseo® y Bianca®.
*Los términos y precios quedan sujetos a cambios sin aviso previo.
Impuestos de ventas aplican en N.Y.

SPN-03

©2003 Harlequin Enterprises Limited

Solo ella podía borrar las cicatrices de su alma

Roberto de Sousa vivía acostumbrado a que las multitudes gritaran su nombre. Pero ahora solo oía pensamientos amargos. Cada vez que se veía en el espejo las cicatrices de la cara, recordaba el accidente de coche que destruyó su carrera como piloto de Fórmula 1.

Nadie había conseguido sacar al antiguo campeón de su mansión. Katherine Lister fue la primera persona en ser invitada allí... para valorar una obra de arte. Aunque bajo la apasionada mirada de Roberto, fue ella la que se sintió como una joya de valor incalculable.

Bajo el sol de Brasil

Catherine George

La mayor fortuna
RACHEL BAILEY

Había vuelto para hacer justicia,
pero los recuerdos le salieron al
encuentro. Aunque el empresario JT Hartley había amasado su
propia fortuna, estaba decidido a
reclamar lo que le pertenecía de
la herencia de su padre. Pero,
primero, tenía que enfrentarse a
la albacea del testamento… que
resultó ser Pia Baxter, la mujer a
la que nunca había olvidado.

A pesar de que el deseo los seguía acechando, JT sabía que
revivir su relación con Pia solo le
causaría problemas. Sin embargo, ni los planes más firmes podían resistirse al amor verdadero.

Mucho más de lo que él había esperado

¡YA EN TU PUNTO DE VENTA!